Moritz Oppenheim
Erinnerungen

Oppenheim, Moritz: Erinnerungen
Hamburg, SEVERUS Verlag 2013
Nachdruck der Originalausgabe von 1924

ISBN: 978-3-86347-475-1

Druck: SEVERUS Verlag, Hamburg, 2013

Der SEVERUS Verlag ist ein Imprint der Diplomica
Verlag GmbH.

**Bibliografische Information der Deutschen
Nationalbibliothek:**
Die Deutsche Nationalbibliothek verzeichnet diese
Publikation in der Deutschen Nationalbibliografie;
detaillierte bibliografische Daten sind im Internet über
http://dnb.d-nb.de abrufbar.

MORITZ OPPENHEIM

ERINNERUNGEN

SEVERUS

Moritz Oppenheim

ZU ENDE vorigen Jahrhunderts, oder anfangs des jetzigen, kam ich in der Hanauer Judengasse zur Welt. Damals gab es für Israeliten noch keine Standesbuchführung; darum kann ich meinen Geburtstag nach christlicher Zeitrechnung nicht genau angeben; doch habe ich mitgeteilt bekommen, daß meine gute, fromme, selige Mutter am zehnten Tage des Monats Tebeth, welcher ein jüdischer Fasttag ist, den ganzen Tag noch fastete, und in der darauffolgenden Nacht mich geboren hat.

Aus meiner frühesten Jugend erinnere ich mich, Wohlstand im elterlichen Hause gesehen zu haben. An Feiertagen, wenn sie in die Synagoge ging, trug die Mutter ein schmuckes Seidenkleid; darüber einen rotsamtenen, mit weichem Pelze verbrämten Überwurf. Der Tisch war, besonders am Seder-(Ostern-)Abend mit silbergestickter Brokatdecke geziert; darauf standen silberne Becher, silberne Leuchter, und sogar silberne Rechauds für die Speisen. Wie überaus

prachtvoll erschien mir dieser Abend! Wie
herrlich sahen die lieben Eltern aus! Am oberen
Ende des Tisches stand des lieben Vaters stroh-
geflochtener Stuhl, auf welchen wir Kinder,
die schon erwachsenen nicht ausgenommen, aus
Pietät uns niemals zu setzen wagten; an jenem
Abende wurde der Stuhl in einen Thronsessel
umgewandelt, indem er mit rotseidenen Kissen,
reich gestickt mit Silber- und Goldbrokat, be-
deckt ward. Auf diesem Thron sitzend, sah der
liebe Vater, der am Seder-Abende auch besonders guter Laune zu sein pflegte, gar königlich
aus. Die liebe Mutter, im Bewußtsein, die große
Pesach-(Osterfest-)Arbeit glücklich vollbracht
zu haben, überblickte liebevoll die Tischgenossen,
und saß bei der Zeremonie als Königin dem
Herrn Gemahl zur Seite. Sah ich in beiden am
Seder-Abende, dem Freudenfeste, den Ausdruck freier Heiterkeit, so zeigte mir das ernstere
Neujahrs- und das durchaus ernste Versöh-
nungsfest in den Geliebten ein Bild des frömm-
sten, innigsten ehelichen Lebens. Da war ein
Glauben, ein Lieben, ein Fürchten, Wünschen

und Hoffen — ein Heiligenschein umgab an diesen feierlichen Tagen die geliebten Eltern!

Doch schon in meinen Knabenjahren ward ich
gewahr, daß der Wohlstand abnahm; nur drei
Becher, welche noch in meinem Besitze sind,
wurden, weil schon von den Voreltern benützt,
aufbewahrt. Der gute Vater hatte große Mühe,
das Haus anständig und gewissermaßen vor-
nehm, wie er es gewöhnt und es ihm Bedürfnis
war, zu erhalten, und seinen Kindern eine zeit-
gemäße Erziehung zu geben. Wir waren fünf
Brüder und eine Schwester; die Beschaffung der
Ausstattung und der Mitgift von einigen Tausend Gulden für letztere, kostete große Opfer.
Bei allen Entbehrungen, die eine mit mäßigen
Mitteln zu führende Haushaltung auferlegte,
haben meine guten, frommen, wahrhaft gottes-
fürchtigen Eltern ihre von jeher geübte Wohl-
tätigkeit fortgesetzt. So ward unter anderem
zweimal im Jahre, vor Ostern und vor den hohen
Feiertagen im Herbste, den Armen der Gasse,
jedem in ein besonderes Papier gewickelt, Almosen geschickt; der Rabbiner bekam jedesmal

einen großen, harten Brabantertaler; die ver-
schämten Armen wurden gleichfalls nicht vergessen. Ich weiß außerdem, daß die fromme
Mutter sich oft das Notwendige entzog und es
insgeheim in ihrer Kammer für die von ihr be-
vorzugten Frauen zum Almosen aufsparte.

Zu meinen frühesten Erinnerungen gehört auch,
daß ich von meinem ältesten Bruder Simon in
meine erste Schule geführt worden bin; diese
war ein, nach einem sehr kleinen Hofe gehen-
des, längliches, so niedriges Stübchen, daß sich,
wie ich mich erinnere, mein Bruder bei dem
Eintreten bücken mußte. Längs der Wand
saßen, auf einer kaum schuhhohen Bank, Knaben und Mädchen, die Kinder der ganzen Judengasse, die dann, der Reihe nach, zu dem auf
einem alten Sessel thronenden Lehrer gerufen
wurden. Vor diesem, auf einem Tische, lag ein
groß gedrucktes hebräisches Alphabet und, um
es sehen zu können, mußten wir auf ein Klötz-
chen steigen. Der kleine alte, stotternde Lehrer
hieß Fälkelche, wahrscheinlich ohne dieses dop-
pelte Diminutiv ursprünglich Falk.

Kleinkinderschule

Ich war das jüngste, etwas verhätschelte Kind, und das Gescheiteste, was ich von mir weiß, ist, daß ich schon als Kind die Kinderjahre für die glücklichsten des ganzen Lebens erkannte. Als ich zum Knaben heranwuchs, dachte ich schon an Tachles (Vorwärtskommen), und frug mich stets nach jedem Semester: was hast du während dieses Zeitraumes gelernt? Der Vater hielt uns, trotz seiner beschränkten Mittel, einen Hauslehrer, namens Horwitz, welchem später Salomon Weinheim, und dann noch andere folgten; die beiden genannten wurden nachmals durch ihre Gelehrsamkeit Männer von Ruf und Bedeutung.

Die Talmud-Thora-Schule, welche ich zudem besuchte, war in einem Zimmer, gemietet bei einer armen Frau, für die jedes Kind täglich im Winter ein Scheit Holz und wöchentlich ein Talglicht mitbringen mußte; nur wenige Familien trugen zur Erhaltung dieser Schule bei. Der Lehrer hieß Rebbe Mennel Reckendorf, aus Fürth; ein sehr braver, frommer Mann, guter Talmudist, der witzig, sehr häßlich und dabei kurzsichtig war. Er hatte die Eigenheit, während des Unterrichtes zuweilen Gespräche mit sich selbst, sogar, wie es schien, auch solche mit Abwesenden zu führen, und er schmunzelte dabei oft stillvergnügt, wahrscheinlich dachte er sich dann irgendeinen Witz. Er war, soviel ich mich erinnere, mein erstes Porträt; ich zeichnete ihn in einen Folioband des Talmud, wie er, die Umgebung vergessend, mit sich selbst ein witziges Gespräch führte, dabei die Schnallen seiner kurzen Kniebeinkleider aufmachte, die schwarzen Strümpfe etwas herunterzog und sich behaglich kratzte.

Neben dem Talmud-Unterrichte mußte ich in der Stadt Schönschreibunterricht nehmen; doch hatte ich von den christlichen Mitschülern viel zu leiden. Die Schreibstunde war immer Mittwochs von 10—11 Uhr; und noch heute, nach so langer Zeit, scheint mir diese Vormittagsstunde länger als alle übrigen Stunden des Tages; diejenige von 12—1 Uhr dagegen, welche im Elternhause Essenzeit zu sein pflegte, erscheint mir deshalb jetzt noch als die kürzeste.

Nicht selten schwänzte ich jene Schreibstunde, und versteckte mich während ihrer Dauer hinter einem Haustore. Mit christlichen Kindern hatte ich sonst keinen Umgang; wir jüdischen Kinder hatten vor dem Tore des Ghettos immer Krieg mit ihnen zu bestehen. Mich gelüstete es trotzdem zuweilen, die Gasse zu verlassen; da mir der Vater jedoch verbot, vor das Tor zu gehen, mit den Worten: „Es sei dir user" (verboten), so war ich gebannt, und steckte nur den Kopf hinaus, sorgsam es vermeidend, den Körper folgen zu lassen: so respektvoll ward des Vaters Verbot gehalten.

Meine gute Mutter, so jüdisch fromm sie auch war, las doch gerne deutsche, gute Bücher, beispielsweise „Hermann und Dorothea" und gönnte sich auch zuweilen das Vergnügen eines Theaterbesuches, mich dann auch mitnehmend. Das erste Stück, welches ich sah, war „Die Teufelsmühle", und es machte einen solchen Eindruck auf mich, daß ich die Kulissen eines Kindertheaters, welches wir Kinder in der Gasse auf einem Speicher errichteten, zu schmücken

unternahm, und so viel tolles Teufelszeug darauf
zeichnete, daß die Leute, die es sahen, sagten:
Dieses Kind sollte in die Akademie gehen und
sich im Zeichnen ausbilden.

Zu jener Zeit war ein Enkel des Rabbiners, eines
reichen Mannes Sohn, ein sehr schmuckes
Bürschchen aus Karlsruhe, in Hanau (der nach-
malige Advokat Ettlinger); dieser erregte meine
Eifersucht sowohl wegen seiner sich von uns
anderen Judenkindern auszeichnenden Toilette,
als auch einer großen Zeichenmappe halber, mit
der er, von der Zeichenakademie kommend,
durch die Judengasse stolzierte. Mein guter seliger Vater war auch zu dieser als luxuriös be-
trachteten Ausgabe bereit; mit mir durfte auch
mein älterer Bruder Hirsch die Akademie besuchen; während dieser aber nur geringe Fortschritte machte, zeigte ich immer mehr Lust und
Liebe zum Zeichnen. Sonderbarerweise hatte
ich als Knabe große Neigung Arzt zu werden,
welches Metier mir jetzt geradezu antipathisch
ist; ich wurde auch in das Gymnasium geschickt und lernte dort Lateinisch und Grie-

Sabbath-Anfang

chisch, brachte es aber nur so weit, daß ich meine Geheimnisse und kindischen Liebesgeschichten mit griechischen Lettern meinem kleinen Taschenbuch anvertrauen konnte.

In dem damals guten Gymnasium, die Hochschule genannt, war aber mir, der ich die laxe Disziplin der Talmudschule gewohnt war, die pedantische Ordnung der christlichen Schule und deren streng geregeltes Wesen zuwider, und es gelang mir, die Eltern zu bewegen, daß ich meine Zeit mehr der Akademie widmen durfte. Diese wurde von Herrn Hofrat Professor Westermayer dirigiert; der zweite Lehrer war Herr Professor Lotter, der durch seine immerwährend schwarze Kleidung und weiße Binde mir imponierte. Die Grundlage des Anfangsunterrichtes bildeten Preislers Zeichenvorlagen; später gab es manirierte, rote Kupferstiche. Meine Fortschritte qualifizierten mich bald dazu, daß ich den anderen Schülern korrigieren durfte, und ein Substitutlehrer ward. Den Tag, an welchem ich in Öl zu malen anfing, und zwar unter Anleitung der Frau Hofrätin, trug ich in großen

Buchstaben in eine damals gerade frisch mit
Speise beworfene Mauer unseres Hofes ein.

Ich kopierte viel, hatte aber keinen tieferen Begriff von dem eigentlichen Wesen der Kunst.
Mit meinen Bildern wurde die Laubhütte ge-
schmückt; auf einem Selbstporträt, das ich
malte, stellte ich im Hintergrunde Westermayer
dar, der mir eine Reißfeder hinhielt, sowie meinen Papa, mir eine Schreibfeder reichend, eine
Anspielung auf dessen Wertschätzung der
Schönschreibekunst.

Zu jener Zeit empfahl mich Westermayer dem Grafen Benzel-Sternau, welcher auf einem Landgute, etwa zwei Stunden von Hanau entfernt, wohnte und im Besitz einer Sammlung Bilder war, die er für Werke ersten Ranges hielt, an deren Echtheit auch niemand zu zweifeln wagte. Ich wollte niederknien, als mir dort Bilder von Raffael, Correggio, Andrea del Sarto, Leonardo da Vinci usw. gezeigt wurden. Der Graf lud mich ein, zu kopieren; ich brachte die Woche von Sonntag bis Freitag dort zu und kam zum Freitag abend nach Hause. Wie war mir armen Judenjungen zumute, als mich am ersten Tage im gräflichen Schlosse ein Diener zum Mittagessen rief, und ich an der Tafel außer dem Grafen und der Gräfin viele vornehme Gäste sah; deren Anblick steigerte meine Verlegenheit, da ich das jüdische Speisegestz noch sehr streng hielt. Unvergeßlich bleibt mir die Liebenswürdigkeit der Gräfin, die eingehend für mich sorgte, wenn Fleischspeisen kamen, von denen ich nicht genießen durfte, indem sie mir dann abwechselnd Mehl- und Eierspeisen bringen ließ. Eines Tages ging die Gräfin während der Tafel hinaus, und der Graf sagte zu mir: „Heute werden Sie überrascht." Die gute Gräfin brachte in eigener Person einen Teller mit Fleisch und versicherte mir dabei, daß es ganz nach jüdischem Ritus zubereitet sei, und zwar von einem Juden, den ich doch im Schloßhofe gesehen hätte. Trotz solcher Versicherung dieser edlen Frau, trotz Zuredens des Grafen und der Gäste, welche sich an meiner Verlegenheit zu weiden schienen, konnte ich mich nicht soweit überwinden, davon zu kosten, obzwar ich heimlich empfand, wie sehr mein ablehnendes Verhalten die hochherzige Gräfin verletzten mußte. Als ich Freitag abends nach Hause kam, lobten mich weniger meine frommen Eltern als der noch frömmere Bruder Isaac wegen meiner Standhaftigkeit, mein älterer, bereits freisinnigeren Ideen huldigender Bruder Simon aber, dem ich kurz darauf dieses Erlebnis erzählte, gab mir eine Ohrfeige.

Der Hofmeister des Grafen Benzel-Sternau war Professor Weber, den ich bei meiner Rückkunft

Lehrer Ackermann mit seinen Schülern

aus Italien als Direktor des Gymnasiums in Frankfurt a. M. wiederfand, und dem ich meine Bekanntschaft mit Goethe verdanke; später wurde Weber Direktor des Gymnasiums von Bremen.

Die meisten Gemälde auf dem Schlosse des Grafen Benzel-Sternau, dort mit großen Namen bezeichnet, fand ich auf späteren Reisen in den großen Galerien im Originale vor, und kam dadurch zur Erkenntnis, daß der gute Graf mit alten Kopien betrogen war; zum Beispiel die nährende Mutter, ihr Kind, das trinkend sein Füßchen hält, liebevoll betrachtend, welches Bild der Graf in gutem Glauben als einen Raffael gekauft und das ich, wie man mir sagte, für einen Anfänger sehr gut und getreu kopiert hatte, fand ich in der Salle carrée in Paris (als Original von Solario) wieder; das gleiche war mit anderen Gemälden der Fall; ich wundere mich in betreff meiner damaligen Kopien darüber noch jetzt, woher ich als etwa vierzehnjähriger Knabe solche Technik hatte. Ich kopierte damals, was mir vorkam, hatte aber, wie

2

bereits gesagt, von Kunst noch keine richtige Vorstellung; von meinem Lehrer konnte sie mir nicht beigebracht werden, weil sie ihm selbst fehlte.

Unter den Kunden meines Vaters war der Rittmeister Rupprecht, welcher malte und sich für einen großen Künstler hielt, wofür auch ich ihn ansah. Er lehrte mich: das Wichtigste sei, daß der Künstler sich eine „Manier" anschaffen müsse. Ich kopierte gerade Bilder von Trautmann, unter anderen einen Tabulettkrämer, und malte, der neuen Lehre gemäß, die Schnüre seines Rockes so dick, daß sie selbst die Schatten bildeten; so mißverstand ich die Kunst!

Mein Entschluß, Maler zu werden, stand damals noch keineswegs fest; ich dachte, daß ich auch im Alter von 18 oder 20 Jahren noch immer Zeit hätte, umzusatteln und Kaufmann zu werden; — es war ein Irrtum.

Die Familien Leißler und Toussaint, angesehene Häuser, in welchen mein Vater takif (beliebt) war, welchen ich zur Osterzeit Mazzes (Osterbrot) bringen durfte, wogegen ich mit Eiern bedacht ward, hatten gute, altniederländische Porträts, die ich ganz flott kopierte, welche Kopien 50 Jahre später noch Käufer fanden. Es wurde beschlossen, daß ich nach München reisen solle; meine beiden älteren Brüder gaben mir bis Karlsruhe das Geleite, wo ich meine erste Flamme Rebecca Ettlinger wiedersah, was mich inniglich erfreute. Von dort fuhr ich mit einem Retourkutscher über Stuttgart, Ulm und Augsburg nach München; ich kann die Sorgfalt nicht vergessen, mit welcher meine Brüder dem alten, buckligen Kutscher anempfahlen, gut auf mich achtzuhaben.

IN München ward ich, auf Empfehlung meines Freundes und Landsmannes Maron, bei dem jüdischen Restaurant Zaduck einlogiert und verköstigt; ich ward dort wie das Kind vom Hause behandelt und war in Wirklichkeit das enfant gaté der sehr feinen Tischgesellschaft. Ich arbeitete fleißig in der Akademie, welche damals unter der Direktion der Langer, Vater und Sohn, stand; der heilige Geist fehlte. Es waren gebildete Leute, malten schön in ihrer Art; ihre Lehrmethode aber war beschränkt, gleichwie ihre Ansichten über Kunst.

Vom Antikensaal kam ich abends zum Aktzeichnen; da mein Platz zu entfernt von dem Modelle war und ich nicht alles genau sehen konnte, machte mich der leitende Professor Seidler aufmerksam, daß ich lauter „Juden" zeichne; es veranlaßte mich dies, mir eine Brille anzuschaffen. Dieser Professor war ein echter Bayer, dick und rotwangig; wenn er sich setzte und das Zeichenbrett auf den Schoß und seinen Bauch darauf legte, bemerkte er, korrigierend: „Schauen's, da paßt auch noch a Muskel 'nein."

Selbstportrait

Das erste, von mir komponierte Bild war ein Moses — in Lebensgröße; ich repräsentierte ihn in einem togaartigen Gewande, was von Professor Langer mißbilligt wurde; er frug mich, warum ich dies so und nicht anders mache? Ich antwortete, es geschehe, weil ich mir Moses so vorstelle; worauf Langer empfindlich antwortete: „Nun, wenn Sie es besser wissen!" und ging.

In München bekam ich von meinem Bruder Herz einen Hunderte von Seiten langen Brief in hebräischen Lettern, der mir alles, was inzwischen in der Hanauer Judengasse sich ereignet hatte, und überhaupt das Leben daselbst in so lebendiger Weise schilderte, daß ein Kompert es hätte kaum besser schreiben können. Dieser Bruder verdient wohl eine eingehendere Charakterisierung. Er war von Jugend auf unpraktisch, studierte allerlei, jedoch nichts recht; er versuchte z. B. zu berechnen, wie viele Male das Rad eines Wagens von Frankfurt bis Hanau sich herumdrehe; über solcherlei Arbeiten konnte er Tage verbringen. Zum Kaufmann hatte er nicht die mindeste Anlage; dennoch fühlte er sich stets getrieben, Geschäfte zu machen, an welchen er fast immer verlor. Ohne schön zu sein, hatte er doch viel Glück bei den Frauen; sein Herz war das beste; aus reiner Güte und Dankbarkeit heiratete er in Cambridge, wo er an der Universität Lehrer der deutschen und hebräischen Sprache war, eine Frau, viel älter als er, nicht schön, Witwe von vielen unversorgten Kindern, ganz vermögenslos und — Christin. Sein Geburtsname war Herz, doch wurde er Heinrich, Harry, Henri und zuletzt Hollo gerufen (Hollo deshalb, weil er jeden Freund mit „Hollo" begrüßend anrief); er war mein vertrautester Bruder, kannte und begünstigte meine Liebe zu meiner geliebten Adelheid Cleve, die viel zu kämpfen hatte, bis sie meine Frau ward.

Mein Bruder Simon ließ mir monatlich 3o Gulden zukommen, welche ich bei Erhalt gewöhnlich auf den Tisch legte, wovon sich meine Wirtin und andere Gläubiger dann nahmen, so viel ihnen gebührte. Da ich auch selbst zu meiner

Erhaltung beizutragen wünschte, malte ich Porträts à tout prix; unter anderen auch einen
Frankfurter Reisenden namens G. Sichel, von
welchem ich an Zahlungsstatt Kattun für ein
Kleid bekam, den ich meiner Mutter nach Hause
schickte. Ich war auch spekulativ. Eine damals
beliebte Persönlichkeit in München war der
Fürst Oettingen-Wallerstein; ich ließ mich bei
ihm melden und trug ihm die Bitte vor, ihn
zeichnen und lithographieren zu dürfen; er gab
seine Zustimmung und saß mir mehrere Male.
Ich ließ auf das Porträt subskribieren; die Prinzen Eugen und Carl unterzeichneten.

Die Lithographie war damals noch etwas Neues,
zumal für Wallerstein, woselbst man bisher nur
Schriften und Musik gedruckt hatte. Ich ver-
wendete mehrere Wochen auf das Porträt des
Fürsten; wer malt aber meinen Schrecken, als
nach dem Ätzen des Steines mit dem Bilde zu-
gleich eine Menge Notenköpfe, Gesicht und Körper durchschimmernd, zum Vorschein kamen.
Der Stein, früher einem Musikstücke dienend,
war nicht genug abgeschliffen worden; ich

mußte also die ganze Arbeit nochmals unternehmen.

Der Fürst fand Gefallen an mir und ließ mich nach seinem Schlosse Baldern bei Wallerstein kommen, um sein fast lebensgroßes Porträt zweimal zu malen, ihn darstellend, wie er seinen Untertanen eine Konstitution gibt; ein Exemplar war für sein Ständehaus bestimmt. Auch den Adjutanten des Fürsten, Agricola mit Namen, malte ich. Jeden Freitagabend fuhr mich der Schloßgärtner, dessen Tochter später der Fürst heiratete und deswegen abdankte, nach Wallerstein, woselbst ich Samstags bei einer mir sehr wohlwollenden jüdischen Familie verweilte.

Die Subskription in Wallerstein trug mir einiges Geld ein, und für die beiden Porträts bekam ich eine Anweisung auf die Kasse des Fürsten; als ich dieselbe zur Zahlung präsentierte, öffnete der Kassierer die eiserne Kiste und sagte lakonisch: ,,Nehmen Sie sich!'' — Die Kasse war total leer. Ich verkaufte die Anweisung mit einigem Verlust an einen Juden und reiste, einem

Jesus und die Samariterin

gegebenen Versprechen gemäß, nach Markt-
Erlenbach, wo eine mir befreundete Familie,
Kohn, wohnte, um die Frau des ehrwürdigen
alten Kohn, den ich bereits porträtiert hatte, als
Pendant zu malen; die Bilder wurden zum
Trocknen ans Fenster gestellt, und die Bauern
zogen ehrerbietig die Mützen vor ihnen ab.
Dann reiste ich über Ansbach, woselbst die Familie Oberndörfer mich eine Woche sehr freundlich als Gast behielt, nach Hanau resp. Frankfurt
zurück und malte dort mehrere Porträts.

IN meinem zwanzigsten Jahre ging ich nach Paris. — Was bewog mich zu dieser Reise? Die Kunst allein war es nicht, denn ihr Wesen war mir noch immer unbekannt; ich glaubte, es genüge, gut malen und ähnlich porträtieren zu können.

Es reizte mich die Weltstadt Paris; aber hauptsächlich trieb es mich, meinem vertrautesten Bruder Herz dort zu begegnen, der, von England kommend, Einkäufe dort machte; ich traf ihn zuerst im Palais Royal, einem Platze, für welchen er schon in Hanau geschwärmt hatte. Wir zogen in die Rue de la Colonne zu Mr. Alexandre, einem Juden, der sich weniger mit seinem Hotel, als mit Schachspiel beschäftigte und meistens im Café de la Régence überm Schachbrett anzutreffen war. Als vorzüglicher Spieler wurde er, ohne daß ich es wußte, vom Besitzer des Schachautomaten zum unsichtbaren Dirigenten dieser Maschine gewählt, zu welcher alle Schachspieler strömten. Das edle Schachspiel war damals auch meine Leidenschaft, und ich bezahlte das hohe Eintrittsgeld, um dem Spiele

des Automaten beiwohnen zu können. Der
Eigentümer desselben, ein Deutscher, kannte
mich durch Mr. Alexandre; bei öffentlicher Vorstellung forderte er mich zum Spiele mit dem
Automaten auf; auch das Publikum bewog mich
dazu; ich spielte und — gewann gegen die Maschine! ... Viel später gestand mir Mr. Alexandre,
daß er darin gesteckt habe.

Ich besuchte in Paris einen berühmten Maler,
der sein Atelier entfernt von demjenigen seiner
Schüler hatte; jeder derselben zahlte ihm
25 Franken monatlich und hatte dafür täglich
freies Modell. Er empfahl mir, auf die etwas
tollen Späße seiner Schüler nicht zu achten, und
darob nicht empfindlich zu sein; es sei ihre Gewohnheit, den Neulingen, besonders Fremden
allerlei Schabernack zu spielen, und mit dieser
Belehrung gab er mir einige Zeilen an die Schüler mit. Die erste Frage, welche der Hauptfar-
ceur an mich richtete, war: ,,Avez-vous eu la
vérole?'' Ich, der die Spuren der Blattern noch
im Gesicht hatte, antwortete: ,,Je crois bien que
l'on peut s'en apercevoir.'' ,,Ah,'' rief der aus,

„c'est notre homme; il est aussi farceur." Dann
wurde ich davon unterrichtet, welche déjeuners
ich als Ankömmling gebrauchsgemäß zu geben
habe; diese Andeutungen waren solcher Art, daß
mir die Lust verging, da zu bleiben.

Ich ging hierauf zu Meister Regnault, einem
Zeitgenossen Davids, der in der Kunstwelt den
Namen le père rotule hatte, weil er der Ansicht
huldigte, daß die Kniescheibe eine Hauptsache
und deren gelungene Wiedergabe die schwierig-
ste Arbeit sei; in der Tat exzellierte er in der
Darstellung dieses Körperteiles. Sein Atelier war
neben dem seiner Schüler, deren harmlosen
Farcen er oft lachend beiwohnte. Er war ein
schöner, ehrwürdiger, alter Mann, aus dessen
Atelier tüchtige Schüler, berühmte Maler her-
vorgingen. Dort sah ich zum erstenmal ein nack-
tes, weibliches Modell, und zwar ein junges, sehr
schönes Mädchen; mir ward ängstlich dabei zumute, doch sagte ich mir: „So gut die anderen
lebens- und liebeslustigen jungen Leute ruhig
dasitzen und arbeiten, werde ich auch aushalten
und malen können" — und so war es auch.

Selbstportrait

Neben meinen Atelierstudien fertigte ich einige Porträts, unter anderen malte ich Mr. Dupont, den chef des claqueurs aller Pariser Theater, durch welchen ich dann in viele derselben freien Eintritt erhielt, ohne Klatschverbindlichkeit.

Von seiten meines Bruders Simon war ich bei dem reichen Juwelier Halphen akkreditiert; dort erhob ich das zur Bestreitung meiner mäßigen Ausgaben nötige Geld. Mr. Halphen war sehr gastfreundlich und seine Tafel immer mit einer Anzahl Kuverts für möglicherweise kommende, nicht speziell eingeladene Gäste vorsorglich versehen. — Einmal geriet ich in große Verlegenheit, weil mein Bruder Herz in Paris eine Schuld kontrahierte, für deren pünktlichen Eingang mein Freund Jacob Bing die Garantie übernommen hatte. Dieser aber war selbst ohne Mittel (trotzdem ließ er mich nicht anders als unentgeltlich bei sich wohnen); ich entschloß mich daher, Mr. Halphen den Jüngeren in die Sache einzuweihen und ihn um Aushilfe zu ersuchen. Dieser nahm indessen Anstand, mir die nötige Summe, welche, wenn auch nicht bedeutend,

doch immerhin größer war als mein Monats-
gehalt, sofort zu geben; er forderte mich auf,
wiederzukommen, „pour le dire à papa." Dieser, ein liebenswürdiger französischer Jude, bemerkte zuvorderst, welchen Irrtümern und falschen Wegen ein junger Mensch in Paris ausgesetzt sei, und daß er im Interesse seines Freundes, meines Bruders Simon, daher Bedenken
trage usw. usw.; da er mich aber daraufhin weinen sah, erkannte er meine Unschuld und die
Wahrheit meiner Aussage und gab mir das
Geld.

Mein gesellschaftlicher Umgang in Paris war
nicht dazu geeignet, dem höheren Wesen der
Kunst mich näherzubringen; in der Technik des
Malens kam ich jedoch weiter, weil ich fleißig
arbeitete. Um fleißig sein zu können, hätte ich
aber nicht nötig gehabt, nach Paris zu gehen;
noch weniger nach Rom, wohin zu reisen ich
durch Freunde veranlaßt ward. Das Haus von
Rothschild schickte damals sehr oft einen Kurier
in bequemem Reisewagen von Paris nach Rom
und Neapel; der diesem beigegebene Mr. Haas,

ein sehr liebenswürdiger junger Mann, war einer
meiner Freunde, und Baron James von Rothschild erteilte ihm die Erlaubnis, mich mit-
nehmen zu dürfen.

WIR reisten, häufig die Pferde wechselnd, Tag und Nacht ununterbrochen und kamen erst nach acht Tagen in Florenz zum erstenmal zur Ruhe und ins Bett; einige Tage später erblickten wir die Peterskirche von Rom. Meine lieben Eltern, welche mich noch in Paris wähnten, wollte ich durch einen Brief aus Rom überraschen.

Man sagte mir oft, daß ein Maler in Rom gewesen sein müsse; wahre, echte Liebe zur Kunst trieb mich nicht dorthin. Auch kannte ich nur einen einzigen Menschen in dieser großen Stadt, einen Schul- und Kunstgenossen, Christian Haag, kein Genie, aber ein mir sehr lieber Freund und Kamerad, und ich freute mich, den dort vorzufinden. Meine Gedanken beschäftigten sich unterwegs damit, seine Überraschung über mein Kommen auszumalen; ich vergegenwärtigte mir im voraus unsere gegenseitige Freude! Da, ganz nahe schon bei Rom, fuhr ein Veturin an uns vorüber, in dessen Wagen jemand saß, der unseren Kurier erkannte und anhalten ließ. Dieser war nicht wenig erstaunt, da er mit dem Vor-

Heimkehr des jungen Tobias

überfahrenden auch befreundet war, nicht sich von ihm, sondern mich umarmt zu sehen; es war kein anderer als Haag. — „Wohin, lieber Haag?" „Nach Deutschland!" — „Warum?" — Weil mir die Mittel fehlen, länger in Rom zu bleiben." — Ich erbot mich, mein Geld mit ihm zu teilen, konnte ihn aber nicht zur Umkehr bewegen, und zwar aus dem Grunde nicht, weil abends zuvor ihm zu Ehren ein Abschiedsfest gefeiert worden war!

Mein Entree in Rom erfolgte somit unter recht verstimmten Betrachtungen; ich fühlte mich nun ganz allein in dieser mir fremden Welt. Es war demnach nur natürlich, daß, als die Zeit der hohen jüdischen Festtage herannahte, ich mich nach dem Ghetto, nach der Pflege altgewohnter religiöser Gebräuche meines elterlichen Hauses sehnte, mehr als nach dem Vatikan mit allen seinen Kunstschätzen.

An einem Freitagabend besuchte ich zum erstenmal das Ghetto; die Leute hatten gerade die Synagoge verlassen und verweilten, in Gruppen plaudernd, auf dem Platze vor derselben. Ein

3

vornehmer, gelehrter Pariser Jude hatte mir
eine Empfehlung an einen der reichsten und
auch gebildetsten römischen Glaubensgenossen,
Sre. Uzielli, mitgegeben. Ich frug einen der anwesenden Juden nach der Wohnung dieses
Herrn; statt die erbetene Auskunft zu erteilen,
frug er mich: „Was wünschen Sie von Sre.
Uzielli?", und auf meine Erwiderung, daß ihm
dies wohl gleichgültig sein könne, zuckte er die
Achseln und ließ mich stehen. Ich wandte mich
mit der Frage: „Wo steht der Herr Uzielli?" an
einen anderen und erhielt, so wie bei dem ersten
wiederum die Gegenfrage nach meinem Begehr
von diesem Herrn; und so frugen mich alle,
welche ich mit der Bitte um Auskunft über Sre.
Uziellis Wohnung anredete, was ich von dem-
selben wollte, bis ich endlich ärgerlich ausrief:
„Bin ich denn hier in Sodom?" Dieses Wort
mag ihnen hebräisch gelautet haben, denn nun
frug man mich plötzlich: „Sind Sie vielleicht
Jude?" Und auf meine Antwort: „Gewiß bin
ich Jude!" hatte ich mit einemmal nicht nur
einen Führer, sondern eine ganze Menge, die

mich zu dem Hause des Sre. Uzielli geleitete.
Auf dem Wege dahin klärten sie mich über die
Ursache ihres bisherigen Verhaltens auf: Sre.
Uzielli mache doch bekanntlich am Freitagabend
keine Geschäfte; ein nach ihm fragender Christ
könne also böse Absichten gegen ihn haben, etwa
angeben, er habe während des Besuches eines
seiner Kinder getauft, und nach solcher Angabe
werde das Kind unfehlbar von ihm weggenom-
men; ähnliches sei bei anderen erst kürzlich ge-
geschehen, so daß die Eltern es vorgezogen, das
Kind durch Genuß von Branntwein umzubrin-
gen, als es dem Pfaffen zu überlassen. Ich sah
die mögliche Wahrheit dieser Erzählungen ein,
und jeder Zweifel ward mir benommen, als ich
das Haus dieses reichen römischen Juden, das
von außen sehr ärmlich und verfallen aussah,
betrat; denn sowie ich die Zimmertüre öffnete,
warf die Frau (der Mann war nicht zu Hause)
schnell alle kleinen Kinder in ein Nebenzimmer,
bis sie durch meine Begleiter mit den Worten:
„é un jehudi" beruhigt ward. Dieses erste Be-
kanntwerden mit meinen römischen Glaubens-

genossen war nicht sehr ermunternd und ließ mich für die Dauer meines mehrjährig projektierten Aufenthaltes wenig intime Freunde oder Freuden im Ghetto erhoffen.

Das Café greco, via Condotti, war und ist noch das Rendezvous der Künstler aller Nationen, welche in Rom weilen; ich fand später, nach einem halben Jahrhundert, daselbst noch alte Kollegen, die seit fünfzig Jahren allmorgens ihr Glas mit café-latte dort nahmen. Diesem Kaffeehause gegenüber war das damals ebenso besuchte Restaurant Lepré, wo der Reiche wie der Unbemittelte zu Mittag speiste. Das Diner, welches zuzüglich einer Foglietta Wein fünfzehn bis achtzehn Bajocchi (soldi) dort kostete, schmeckte mir in der Regel ganz vorzüglich; auch lernte ich da viele Künstler und sonst interessante Leute kennen. — Und dennoch, bei dem Herannahen der hohen jüdischen Feste, Neujahr und Versöhnungstag, welche so viele fromme ehrwürdige Erinnerungen an das geliebte elterliche Haus wachriefen, war es mir gar weh ums Herz, keinen jüdischen Tisch zu haben; und es gab damals

Les habitués du Café Grove

im ganzen Ghetto noch kein jüdisches Speisehaus. Ich bat daher Sre. Uzielli recht inständig, mir eine möglichst respektable, wenn auch nicht vermögende israelitische Familie zu verschaffen, die mir an Feiertagen gegen gute Bezahlung koscheres Essen gäbe. Oft, meistens Samstags, ging ich in das Ghetto und frug bei Sre. Uzielli nach, ob er diesem Anliegen Rechnung getragen habe, und erfuhr jedesmal von ihm, daß er sich alle Mühe gegeben, ohne bisher imstande gewesen zu sein, das Gewünschte zu finden. An einem Samstag, dem letzten vor dem Feste, wiederholte ich diesem Herrn, wie sehr leid es mir sein würde, den bevorstehenden Neujahrsabend allein in einer christlichen Kneipe zubringen zu müssen; er beschwichtigte mich, indem er versprach, sich nochmals kräftigst in meinem Interesse zu verwenden.

Neujahrsabend kam; ich ging in die Synagoge. Sre. Uzielli war so freundlich, mich einzuladen — nicht zum Essen, sondern in der „Schule" neben ihm zu stehen; und er sagte mir dabei, daß er trotz aller Bemühungen niemanden ge-

funden habe, der mir für mein Geld koscher
zu essen geben wollte. Ich war sehr betrübt,
fühlte an jenem Abend besonders starke Sehn-
sucht nach Hause, und gab meinem Kummer,
Sre. Uzielli gegenüber, unverhohlen stärkeren
Ausdruck, schon deshalb, weil ich gerne sehen
wollte, wie weit seine Ungastlichkeit gehen könne.
Es war umsonst; er ließ mich gehen mit der Versicherung seines aufrichtigen Bedauerns.

Jenen Abend besuchte ich keine Kneipe; eine
Tasse Schokolade war mein ganzes Souper. Ich
dachte dabei an die jetzt gewiß heitere, gemüt-
volle Stimmung bei den lieben Eltern und an die
Roheit der Glaubensgenossen, welche ich hier in
der Fremde vorgefunden, und die so unerklär-
lich abstoßend mir begegneten.

Am Morgen des Neujahrstages war ich wieder
in der Synagoge neben Sre. Uzielli; nach dem
Gottesdienste wollte ich mich entfernen, doch
er hielt mich zurück, mit der Bitte, mit ihm nach
Hause zu gehen, und — wer vermag mein Erstaunen zu schildern? — mit ihm das Frühstück
und das Mittagsmahl zu nehmen, und so lange

sein Gast zu sein, bis sich ein Mann gefunden,
der mich verköstigen würde. Gegenüber solch'
unerwarteter Güte wagte ich die Frage, warum
er mich denn nicht auch zum Vorabende, den
ich so einsam unter trüben Gedanken verbracht,
eingeladen habe; darauf gestand er mir, seine
Absicht sei es gewesen; seine Frau habe es aber
nicht zugegeben, weil ihr ein Hauptgericht nach-
mittags in der Küche mißlungen war.

Nach einiger Zeit fand sich eine, wie mir schien,
ehemals vermögend gewesene jüdische Familie,
namens Rocas, die sich dazu verstand, mir täglich ein mageres Mittagsmahl für teures Geld
(einen halben Scudo) zu verabreichen. Abge-
sehen davon, daß meine Wohnung vom Ghetto
sehr entfernt lag, schmeckte die nicht jüdische
Kost in guter Gesellschaft und in freundlichem
Lokale viel besser, und kostete dabei nicht den
vierten Teil; dennoch ging ich gewöhnlich zweimal in der Woche, Freitag abends und Samstags, zu Rocas, und zwar schon deshalb, weil ich
bemerkte, daß ihnen der kleine, daraus erwach-
sende Verdienst wohltat.

Bei Rocas pflegte ich Freitag abends einen nicht
mehr jungen Mann, namens Sabbatino, zu tref-
fen, der, sei es aus Frömmigkeit, sei es zu seinem
Vergnügen, smiros (Sabbatlieder) sang; er war
ledig und ernährte sich, wie so viele Juden in
Rom, die, mit einem Zwergsack auf dem Rük-
ken, die Gassen durchwandern, „roba vecchia"
rufend, d. h. mit allerhand altem Zeug handeln.
Dieser Sre. Sabbatino fehlte mir eines Abends,
und, als ich nach ihm frug, vernahm ich zu
meinem Erstaunen, daß er von der Behörde eines
Vergehens wegen geholt, und in die Catacumene
eingesperrt worden sei; es ist dies ein Haus, in
welchem den Juden und Heiden das Christen-
tum so lange gelehrt wird, bis sie zur Taufe reif
sind. Es war damals Weihnachten und der arme
Sabbatino lernte und ward bis zum Osterfest
unterrichtet und aufgehoben, an welchem Tage
der Gebrauch will, daß ein Bekehrter in der
Konstantin-Kapelle getauft werde. Ich sah diese
Zeremonie mit an; der vor kurzem noch Smiros
singende Sabbatino kam in Kutte und tonsiertem
Kopfe und erhielt die Taufe. Sein Vergehen

Raub der Hesperiden Äpfel

hatte darin bestanden, daß er mit seiner christlichen Wäscherin verbotenen Umgang gepflogen, und ihr, nach ihrer Aussage, die Ehe versprochen hatte. In das Ghetto kam er niemals wieder; auch habe ich nicht erfahren, was weiter mit ihm geworden.

Übrigens fühlte ich mich bei Rocas recht behaglich, und diese guten Menschen gaben mir auch Beweise ihrer Freundschaft, gleichwie andere jüdische Bekannte, namentlich Uziellis Schwager, Sre. de Castro-Martignani, der mir Alleinstehendem viele Teilnahme bezeugte. Ich bedurfte derselben vornehmlich zur Zeit, als man dem römischen Rabbiner den Tod meiner unvergeßlichen, guten Mutter angezeigt hatte, und mir diese erschütternde Botschaft durch Freunde in schonendster Weise mitgeteilt worden war. Ich sagte damals meiner christlichen Wirtsfrau, daß ich auf das Land gehe, um mich zu erholen; in Wirklichkeit ging ich ins Ghetto, wo ich bei Rocas logierte. Meine Anwesenheit in Rom wurde meiner Wirtin aber doch verraten; der Zufall wollte nämlich, daß ihr cavaliere servente

mich bei einem jüdischen Leichenbegängnis ent-
deckte, dem ich beiwohnte, weil es ein bedeu-
tenderes war und seiner vielen absonderlichen
Zeremonien wegen mich interessierte. Der Lei-
chenzug ging bei Nacht unter Fackelbeleuchtung
vor sich; im römischen gemeinen Volk ist der
Glaube verbreitet, daß, wenn ein Christ unter
dem Sarge mit einer jüdischen Leiche durch-
läuft, der Zug wieder heimkehren müsse; daher
viel Furcht vor Unfug; und deshalb viel Vor-
kehrungen.

Die allzu große Entfernung vom Ghetto verhin-
derte mich, der religiösen Verpflichtung des
Kaddischsagens täglich nachzukommen; doch
tat ich dieses während der ersten sieben Tage
nach Erhalt der Kunde vom Ableben meiner
guten Mutter; ich übernachtete dann in casa
Rocas, deren Bewohner mir warmes Beileid
bezeugten; dieses Haus, eine römische Spelunke,
wurde mir von Sra. Rocas als ein herrliches
geschildert zur Zeit ihrer Hochzeit; „che colpo
d'occhio", rief sie aus.

Ich liebte meine gute, fromme Mutter im wah-

ren Sinne des Wortes unendlich; denn noch
jetzt, nach mehr als einem halben Jahrhundert,
gibt es Momente, während derer ich bei der Erinnerung an sie nur schwer der Tränen mich
enthalten kann. Da sie tot war, kam mir Rom
und die Welt öde vor. Ich wollte die liebevollen
Züge der Seligen festhalten, sie als innig lie-
bende Mutter (in dem Bilde „Abschied des jungen Tobias") vorstellen; allein ich jammerte so
sehr bei dem Malen, daß mir die Ausführung
des Entwurfes mißlang.

In solch' jammervoller Stimmung fand mich
der alte, berühmte Maler Koch, der ein Zeit-
und Schulgenosse Schillers auf der Karlsschule
in Stuttgart war. Koch hatte die Gewohnheit
— wenigstens tat er es, so oft er mich besuchte
— sich durch einen Schlag mit seinem dicken
Knüppel gegen die Türe anzumelden. Er war
ein kräftiger Naturmensch; mein Weinen begriff
er nicht; doch suchte er, auf seine Weise, mich
zu trösten.

EINE Luftveränderung glaubte ich, zur Be-
täubung meines Schmerzes, mir gönnen zu
dürfen; ich reiste nach Neapel. Die Akademie
S. Lucca hatte damals eine Konkurrenz aus-
geschrieben; das Sujet war „Die Rückkehr des
verlorenen Sohnes"; mit dieser Aufgabe ge-
dachte ich mich in Neapel zu beschäftigen. Dort
fand ich in dem von Rothschildschen Hause eine
sehr freundliche Aufnahme; in der schönen Villa
auf Capo di Monte behielt man mich oft über
Nacht. Baron Carl Meyer von Rothschild kaufte
mir die ersten drei Bilder ab, welche ich in Rom
gemalt hatte; sie stellten Abrahams Familie, das
Opfer Abrahams und Jakobs Segen dar; auch
bestellte er bei mir für 25 Louisdor ein neues,
kleines Bild, ausdrücklich betonend, daß es nur
ein kleines sein solle. Obschon der Herr Baron
in Geldsachen genau war, hielt er es doch für
seine Pflicht, mich als jüdischen jungen Künstler, den er hatte loben hören, zu protegieren. Ich
malte für ihn die „Susanne im Bade", welches
Bild seinerzeit in Rom Aufsehen erregte; in den
römischen Zeitungen wurde es eine Perle, gioi-

Karl Meyer von Rothschild

ella, genannt, und Baron von Rothschild war damit so zufrieden, daß er das bedungene Honorar von 25 Louisdor freiwillig erhöhte.

Meine Wohnung in Neapel war in dem oberen Teile der Stadt, in Santa Lucia, dem Vesuv gegenüber; die armen Mitbewohner des Hauses brachten den Abend auf dem flachen Dache zu, sich dort auf ihre Weise vergnügend.

Ich wollte meinen religiösen Trauerpflichten auch in Neapel nachkommen; es war aber nicht leicht, die dazu nötige Anzahl von zehn Juden aufzutreiben, da es zu jener Zeit den Kindern Israels noch nicht gestattet war, dort Wohnung aufzuschlagen; nur zugunsten weniger wurde dieses Verbot übersehen. Ein damals in Neapel sich aufhaltender Lieferant, Kaula aus Darmstadt, ein sehr gutmütiger, älterer Mann, war mir zur Beschaffung der zehn Glaubensgenossen behilflich; dabei stellte es sich sonderbarerweise heraus, daß einer davon, der sogar eine Thora (Gesetzesrolle) mitbrachte, ein meschumet (getaufter Jude) war.

Ich arbeitete fleißig, und in meinen freien Stun-

den besuchte ich alles Sehenswerte der Stadt und
der Umgegend. In dem Café des Palazzo reale
begegnete ich eines Samstags einem Manne,
dessen Nase mir kaum einen Zweifel ließ, daß
er „einer von unseren Leuten" sei; ich näherte
mich ihm und leitete ein Gespräch mit ihm ein.
Auf meine ohngefähre Frage: „Sie sind wohl
auch ein Jude?" antwortete er: „Ja und nein;
aber ich weiß doch wahrscheinlich besser als Sie,
welche sidre (Abschnitt der Thora) heute geht".
Ich erfuhr später, daß er der von Rom ausge-
wiesene, getaufte Rabbiner war, der seinerzeit
durch talmudische Gelehrsamkeit dort großes
Aufsehen erregt hatte, sich hohe Gunst erwarb
und als Bibliothekar im Vatikan angestellt ward;
dortselbst hatte er sich aber zu viel herausge-
nommen, d. h. viele Manuskripte und Bücher;
und, um großen Skandal zu vermeiden, wurde
er von Rom fort, nach Neapel geschickt. Baron
von Rothschild, dem ich meine Begegnung mit
diesem Manne erzählte, ließ ihn kommen und
seinem Sohne Willy von ihm im Hebräischen
Unterricht erteilen; dieser Lehrer machte seinen

Schüler zu einem orthodoxen Juden, so daß dem
Vater der Sohn zu fromm ward und er ihn
nach Frankfurt heimreisen ließ.

MEINEN in Neapel gefertigten Karton: „Die Rückkehr des verlorenen Sohnes", brachte ich nach Rom und lieferte ihn der Akademie S. Lucca unter dem Motto: „Veritas" ein. Bald darauf ward ich auf das Kapitol beschieden, um dort eine Probeskizze zu machen; ich wurde allein in ein Zimmer gesperrt, bekam eine Tasse Schokolade und einen gewöhnlich nur in Schlafgemächern anzutreffenden Topf hingestellt, mit der Weisung, die Aufgabe: „Christus und die Samaritanerin am Brunnen", innerhalb 1—2 Stunden zu zeichnen. Ich entledigte mich der Arbeit in der vorgeschriebenen Frist, und übergab sie, ebenfalls mit dem Motto: „Veritas". Meine Zeichnung war anders, ich darf wohl sagen, origineller, als diejenigen meiner Mitkonkurrenten, und es wurde ihr auch der Preis zuerkannt; als aber das Kuvert mit der Aufschrift „Veritas" geöffnet und mein Name genannt wurde, bemerkte man sofort, daß ich ein deutscher Jude sei und wollte nun, statt mir, einem Italiener den Preis zukommen lassen. Unter den Richtern befand sich jedoch auch Thorwaldsen,

Rückkehr des verlorenen Sohnes

der für mich eintrat; konnte er es auch nicht durchsetzen, daß ich den Preis erhielt, so erlangte er doch wenigstens, daß er keinem andern zuerteilt wurde.

Viel mehr als der S. Lucca-Preis es hätte tun können, erfreuten mich die vielfachen Beweise wahrer Teilnahme, welche mir seitdem von dem allgemein verehrten und geliebten Thorwaldsen zuteil wurden; er besuchte mich öfters in meinem Atelier und gab mir Ratschläge; zuweilen ergriff er die Kohle und machte mit seiner Meisterhand einen kühnen Strich in meine Zeichnung, den ich dann gerne für immer erhalten hätte. Thorwaldsen empfahl mich, wo er konnte; ihm verdanke ich die Einladung zum damaligen preußischen Gesandten, dem berühmten Staatsrat Niebuhr; auch bei dem Grafen Ingenheim, dem natürlichen Bruder des Königs von Preußen und der Kurfürstin von Hessen war ich oft zu Tisch gebeten. Letztere erteilte mir durch den Grafen den Auftrag zu einem Bilde, „Hagars Abschied" darstellend, welches ich später im Schlosse zu Fulda wiedersah; Graf Hahn be-

4

stellte bei mir ein Bild mit biblischem Sujet, und
ferner das lebensgroße Porträt des bekannten
Architekten Hittorf, ein Bild, welches ich viele
Jahre später mit Vergnügen in Paris wieder vor-
fand. — Thorwaldsen schenkte mir auch Skiz-
zen von seiner Hand, sowie eine Sammlung Ra-
dierungen nach seinen Kompositionen.

Die schwülen Sommermonate sind in Rom, besonders wenn der Sirocco herrscht, fast uner-
träglich; wer es nur kann, macht Ausflüge während dieser Zeit. So war ich auch einen Sommer
im Albanergebirge, namentlich in Ariccia bei Albano, einem ganz reizenden Neste, woselbst ich
mich mit ein paar Freunden, von Hempel aus
Wien und F. Müller aus Kassel, letzterer später
Professor dort, in einem Bauernhause einlo-
gierte. Wir schliefen alle drei in einem großen
Zimmer und hatten dabei sehr billige Kost.
Müller war ein christlich-frommer, deutscher
Jüngling, in altdeutschen, schwarzen einreihi-
gen Rock gekleidet, und trug lange, blonde
Haare; Hempel hieß im ganzen Ort il cavaliere, und mich nannte dort jedes Kind lo spe-

ziale, weil ich zufällig einen hellgelben Rock
trug, gerade wie der dortige Apotheker, dem
ich vielleicht auch etwas ähnlich sah; die Bet-
telbuben liefen mir nach und baten: „O, speziale mio, datemi qualche cosa!" — Im Hause
war eine hübsche Tochter, Adelaïde, blond wie
eine Deutsche, dabei graziös und lebhaft wie
eine Italienerin. Wir drei machten ihr den Hof,
doch hatte sich der speziale am meisten ihrer
Gunst zu erfreuen, was bei einer Italienerin
zwar oft nicht viel sagen will, denn ihr alleiniges
Ziel ist — heiraten; die Mutter, eine noch
hübsche Frau, zeigte sich gefälliger.
Anläßlich des Blumenfestes in Genzano, eines
Festes, so bunt und heiter, wie es der geschick-
teste Maler nicht vorstellen, wie die reichste
Phantasie des begabtesten Dichters es kaum
schildern kann, kehrten bei uns in Ariccia auch
deutsche Künstler ein. Einer von ihnen, der
Bildhauer Lotsch, der zuviel getrunken hatte,
nicht mehr fest auf den Beinen und nicht fest
in der italienischen Sprache war, sagte zu Srna.
Adelaïde, indem er auf mich deutete: „Patita!

questo signore è un jew" (er wollte ebreo
sagen). Als Adelaïden die Bedeutung des Wortes
übersetzt worden, fiel der Barometer ihrer Zu-
neigung zu mir um viele Grade, wenngleich sie
und ihre Familie mir auch später noch Beweise
von Freundschaft gaben; denn Adelaïde schrieb
mir oft und liebenswürdig, und ihre Eltern be-
schenkten mich im Herbste mit einem ganzen
Fäßchen selbstgezogenen Weines.

So wie ich, aber etwas später, verliebte sich auch
Freund Hempel in Adelaïde, und der reiche cavaliere war drauf und dran, um ihre Hand an-
zuhalten und, wenn nötig, auch katholisch zu
werden, hätte ihn der ebenfalls in Ariccia
zur Villegiatur anwesende berühmte Künstler
Schnorr von Carolsfeld nicht von seiner Hei-
ratslust abgebracht, und ihn in seinem alten
Glauben und neuen Hoffnungen erhalten. Von
Hempel war ein feinfühlender Künstler, doch
ohne Energie; er brachte nie etwas Rechtes fer-
tig, war leicht zu beeinflussen und umzustim-
men; er übergab sich später Overbeck und seiner Familie. Ich lernte viel von Hempel; nament-

Ferd. Hiller

Ferdinand Hiller

lich brachte er mir gute Kupferstiche und Holz-
schnitte von Albrecht Dürer zum Verständnis;
sogar von seinen musikalischen Kenntnissen
profitierte ich den Unterricht auf der Guitarre;
ich hatte ihn sehr gerne, und wir wurden soweit Freunde, daß wir zusammenzogen und im
dritten Stocke des Café greco in einem Zimmer
schliefen.

Allerlei kleine Ursachen trübten aber im Ver-
laufe der Zeit das freundschaftliche Verhältnis
zu Hempel. Er war den Tag über bei Overbeck, dessen Schüler er geworden, während ich
zu Hause arbeitete, wobei mich sein alter zottiger
Hund Jonassel sehr genierte; dieses Tier hatte
u. a. eine Passion, welche darin bestand, ge-
tragene Strümpfe, besonders ungewaschene, zu
fressen; nicht nur solche, welche Hempel oder
mir gehörten, sondern auch diejenigen unserer
Hauswirtin waren nach seinem Geschmacke.
Diese kam eines Tages zu mir ins Atelier und
beklagte sich bitter darüber; es war gerade ein
Modell bei mir, welches nach Anhören der Jere-
miade bat, man möge ihm den Hund schenken,

um einen Pudel daraus zu machen, der dann
gut zu verkaufen sei. Wir frugen, wie dies möglich wäre, indem doch Jonassel ein Spitz sei;
darauf sagte das Modell, wir sollten dies nur
seiner Sorge überlassen. Weil das Vorhaben gar
so sonderbar schien, willigte ich ein; den näch-
sten Tag schon sahen wir in der Tat den Hund
unserem Hause gegenüber an einer Kette, ganz
geschoren bis auf den Schnurrbart. Hempel ver-
mißte das häßliche Tier empfindlich, obgleich
auch er schon mancherlei durch dasselbe aus-
gestanden hatte; er ging nun täglich an dem
Hunde vorüber, ohne ihn zu erkennen, bis eines
Tages Jonassel, zufällig frei von der Kette, auf
ihn zusprang und ihn liebkoste; da erkannte er
ihn erstaunt und ruhte nicht, bis er die Wahrheit
vernommen hatte. Hempel war ein sehr guter
Mensch; er verzieh mir; aber sein Umgang mit
der Familie Overbeck, welche ihm bemerkt
haben soll, es sei nicht begreiflich, wie man mit
einem Juden unter einem Dache wohnen könne,
mag endlich doch auch dazu beigetragen haben,
daß wir auseinanderzogen. Zuletzt wurde aus

meinem freidenkenden Freunde Hempel ein
frommer Katholik.

Nach dem cavaliere verliebte sich Frederico
Müller in Adelaïde; dieser blieb auch, zwar nicht
seinem Glauben, aber seiner Liebe getreu, ward
katholisch und heiratete das schöne Mädchen;
ich fand Adelaïde nach vielen Jahren in Kassel
als Frau Professor Müller wieder.

Es fehlte keineswegs an Bekehrungsversuchen
auch an mir; sie blieben natürlich erfolglos;
sie machten mich im Gegenteil eher zu einem
frömmeren Juden, indem sie mich veranlaßten,
Vergleiche anzustellen, welche zugunsten meines
angestammten Glaubens ausfielen. Wenn bei
anderen meiner deutschen Kunstgenossen, Protestanten, der sinnbestrickende Reichtum, der
in der katholischen Kirche entfaltet wird, viel
zur Bekehrung beigetragen haben mag, bei mir
war gerade das Entgegengesetzte der Fall. Die
Abstufungen in der Klerisei, der die hochgestell-
ten Priester umgebende äußerliche Glanz, die
würdelose Demütigung der niedrigen Klassen
der Geistlichkeit, die Pracht und der Reichtum

in St. Peter usw.; dies alles kam mir wie eine
auf Effekt berechnete Schaustellung vor. Im
scharfen Gegensatze dazu vergegenwärtigte sich
mir dabei stets die Prunklosigkeit und stolze
Einfachheit der jüdischen Synagoge, in welcher
alle Menschen vor Gott gleichgestellt ihr Gebet
verrichten; unsere oft finsteren Gotteshäuser
wirkten auf mich inniger, erhebender; sie erschienen mir großartig und ehrfurchtgebietend.
Ich sagte denen, welche beabsichtigten, mich
zu bekehren, sie möchten sich weiter keine Mühe
geben; denn mir werde durch ihre Anregung
der Glaube, in dem ich geboren und erzogen sei,
nur desto lieber. Auch bemerkte ich ihnen, daß
ich in den Evangelien manche Widersprüche
fände, überhaupt mich mit der geschichtlichen
Wahrheit Christi so recht nicht befreunden
könne; denn Josephus, der um jene Zeit gelebt
und von ihr berichtet und dabei so ausführlich
sei, erwähne seiner nicht. (Die dem Josephus
zugeschriebene Erwähnung Christi ist notorisch
später eingeschmuggelt, und daher bedeutungs-
los.) Mein Kollege, der berühmte Maler Rohden,

Versöhnungstag

war so aufrichtig, solcher Argumentation gegenüber witzig zu antworten: „se non è vero, è ben trovato."

Zum eifrigen Proselitenmacher war auch mein Landsmann, Christian Brentano, geworden, der dieses Metier sogar in den ordinärsten, starkbesuchten Künstlerkneipen betrieb. Er verkehrte des Tags über hauptsächlich mit Geistlichen und Jesuiten; ich hörte später, er selbst sei Jesuit geworden; ich mochte ihn aber doch gut leiden, denn er war ein kurioser Kauz, geistreich in der Unterhaltung.

Ich war gewohnt, als ich in der Via due macelli wohnte, des Abends, wenn ich nach Hause kam, meiner Hauswirtin, einer alten Witwe, während ihres Nachtmahles noch einen Besuch abzustatten; da saß sie, Sra. Teresa, und einige junge Arbeiterinnen. Eines Abends bemerkte ich, daß sie den Teller mit Schinken, der gerade vor ihr stand, beiseite rückte; ich hielt dies für Zufall; da es sich jedoch wiederholte, und sie einmal dazu sagte: „cio non è roba per voi", ward mir ihre Absicht klar; wohltuend gerührt ward ich aber, als ich merkte, daß die Wäsche in meinem Zimmer, anstatt wie bisher des Sonntags, nunmehr jeden Samstag gegen frische gewechselt wurde! Bald darauf mußte ich Rom verlassen; beim Abschied sagte ich zu ihr: „Sra. Teresa, seit kurzem merke ich, Sie wissen, daß ich ein Jude bin; ich bin Ihnen um so mehr herzlich dankbar für so manche Beweise Ihres Wohlwollens und Ihrer Toleranz, die mich erfreut und gerührt haben; aber wer hat es Ihnen gesagt?" Darauf antwortete sie: „Sie kennen doch den Prete, der öfters in unser Haus kommt, der auch Sie in Ihrem Zimmer mit Weihwasser besprengen wollte, woran Sie ihn aber verhinderten. Der kam damals gleich gelaufen und rief: ‚Wissen Sie, wer in Ihrem Hause ist, wen Sie beherbergen? Der Mann ist ein Jude! Per l'amor di Dio, machen Sie, daß er fortkömmt; sein Landsmann aus Frankfurt kennt ihn genau, es ist unzweifelhaft, daß er ein Jude ist', usw." Hierauf habe sie dem Prete entgegnet, sie kehre sich gar nicht daran; sie achte die buoni costumi dieses jungen Mannes und werde ihn in der gewohnten Ruhe auf seinem Zimmer nicht stören. Ich habe diese gutmütige, menschenfreundliche alte Frau in mein Skizzenbuch gezeichnet.

WÄHREND der schwülen Sommermonate
verläßt, wie bereits erwähnt, jeder, der nur
kann, die Ewige Stadt. Ich besuchte die verschie-
denen reizenden Ortschaften der Umgebung, wie
Albano, Ariccia, Genzano, Tivoli usw., und war
einige Male in Neapel. Während der Villegiatur
war ich nie müßig, und besah überall alles, was
bemerkenswert war.

Bei meinem Ausfluge nach Florenz hielt ich
mich unterwegs in Assisi, und etwas länger in
Perugia' auf, woselbst sich noch herrliche Bilder von Raffael, während seiner Lehrzeit gemalt, und solche von Perugino befinden. Die
Stadt Florenz, ihre herrliche Lage, ihre Monu-
mente, Kirchen, Museen, und besonders ihr
Reichtum an wundervollen Gemälden entzückten mich, und es war wohl dort, wo ich am
meisten lernte. Ich malte daselbst die „Rückkehr des jungen Tobias", ein Bild, welches
Thorwaldsen so gut gefiel, daß er es von mir
kaufte, trotz seiner Genauigkeit es mir gut bezahlte, und als ein Hauptstück unter den von
ihm gekauften und gesammelten Bildern auf-

hing. Es befindet sich jetzt in Thorwaldsens
Museum zu Kopenhagen. In Florenz war ich
durch von Rothschild an das Bankhaus Lamp-
ronti empfohlen. Die Familie Ambron Martignani, aus Rom, wohnte damals auch da;
sie reiste einmal zu einem Familienfeste nach
Livorno, wohin mitzukommen ich von ihr
eingeladen ward. Der Wagen war mit gutem
koscheren Essen bepackt, welches während der
Fahrt mit Lust vertilgt wurde; unterwegs verweilte ich in Pisa genügend lange, um alles, was
die Kunst dort bietet, zu sehen: die originellen
Bauten, das Campo santo mit seinen herrlichen
Fresken usw.

In Livorno wurden wir von dem Bankhause Di
Segni gastfreundlich aufgenommen. Es war dies
die erste, wirklich gebildete Familie jüdischer
Religion und italienischer Nationalität, welcher
ich begegnete; ich fühlte mich da gesellschaft-
lich so wohl, daß ich mich sofort in die Tochter
des Hauses, Sara, verliebte; und auch sie gab mir
ihr Wohlwollen bei mannigfachen, kleinen An-
lässen zu erkennen. Eines Tages, während ich

mit ihr Schach spielte, versuchte ich, ihr ein fein geschriebenes Liebesbriefchen unter dem Tische in die Hand zu schieben; sie erschrak dabei so, daß der Brief zur Erde fiel und in die Hände der Eltern gelangte. Ihr jüngerer Bruder, Giacomo, sagte mir am folgenden Tage, wie sehr seine Eltern über diesen Mißbrauch der Gastfreundschaft verstimmt seien und riet mir zu einem Ausfluge nach Lucca, mit dem Anerbieten, mich dahin zu begleiten. Er wußte, daß ich ohnedies die Absicht hatte, einem dort weilenden Prinzen meine Aufwartung zu machen und beabsichtigte, durch die sofortige Ausführung dieses Planes und die dadurch bedingte Abwesenheit, die fausse position, in der ich mich seinem Elternhause gegenüber befand, soviel als möglich abzuschwächen. Ich entschloß mich daher gerne zu der kleinen Reise; unser Wagen hatte aber kurz vor Lucca einen Unfall, wobei mein Frack derart litt, daß ich genötigt war, denjenigen Giacomos auszuborgen, um mich dem Prinzen vorstellen zu können; dieser war jedoch, entgegen meiner Vermutung, kein

Kurhessischer; die Reise war insofern demnach
eine vergebliche gewesen. Mein Aufenthalt in
casa Di Segni gestaltete sich, des Vorfalles mit
dem Briefchen wegen, für mich nunmehr zu
einem recht unerquicklichen und bedrückenden;
glücklicherweise war er nur noch von kurzer
Dauer. Die gute Srna. Ambron Martignani empfand Mitleid mit mir; während der Rückreise
nach Florenz drückte sie dies wiederholt durch
ein liebevolles „poveretto" aus. Später erfuhr
ich, daß Srna. Sara sich mit einem reichen
Juwelier, Fenzi aus Florenz, verlobt und ihn
geheiratet hat.
Ich arbeitete bald wieder fleißig an meinem
Bilde, der bereits vorerwähnten „Rückkehr des
jungen Tobias", das mir sehr viel Ehre eintrug;
ich besuchte häufig die Galerien, und auch die
Kirchen, in denen mich die herrlichen Werke
Fiesoles und Masaccios besonders entzückten.
In Florenz kam ich auch in freundschaftlichen
Verkehr mit dem berühmten Historiker Leo,
der später ein bekannter Judenfeind geworden,
was er in mehreren Schriften bekundete.

NACHDEM ich mich noch einige Monate in
Florenz aufgehalten hatte, reiste ich über
Assisi nach Rom zurück. Dort nahm ich meine
frühere Lebensweise wieder auf, welche geteilt
war in dem Bestreben, meine Kunststudien durch
fleißiges Arbeiten im Angesichte der Meister-
werke der Alten zu fördern, und in dem Auf-
suchen der hervorragendsten lebenden Künstler
und ihrer Kunstwerke. Ich war und blieb in
freundlichem Verkehr mit Overbeck, Veit,
Schnorr, vor allem mit Thorwaldsen, und erfreute mich dabei zahlreicher Einladungen und
guter Aufnahme in vornehmen Familienkreisen.
Ich war häufig zur Tafel des Grafen Ingenheim
gezogen, der eine große Rolle in Rom spielte;
ebenso bei Staatsrat Niebuhr, der sowohl als Gelehrter und Historiker, wie auch als preußischer
Gesandter, hoch angesehen und gefeiert war.
Der seinereitz berühmte Maler Catel machte
damals auch ein schönes, mir offenstehendes
Haus aus; ich war genötigt, öfter als früher,
sorgfältige Toilette zu machen.
Der gesellschaftliche Ton meiner deutschen

Abschied des jungen Tobias

Kunstgenossen hatte sich während meines Ge-
samtaufenthaltes in Rom sehr geändert. Als ich
zuerst von Paris ankam, fand ich noch viele,
die einer, dem vorigen Jahrhundert angehörigen,
falschen Genialität huldigten; sie verachteten
ein anständiges Aussehen, waren nachlässig gekleidet, oft ungekämmt; und wer geputzte Stiefel
anhatte, war der Frage ausgesetzt, was er denn
heute vorhabe? Auch fand ich damals noch Epi-
gonen der in Flor gewesenen Glaubenshelden:
ehemalige Protestanten, zu eifrigen Katholiken
geworden; sie erschienen im Café greco in alt-
deutschem Rocke, mit frommer Miene und ge-
kreuzten Händen; zu Hause malten sie steife,
ungeschlachte, harte, hölzerne Heiligenbilder,
schlecht auch in der Zeichnung; und darin
glaubten sie dann Gefühl gezeigt und damit eine
Renaissance der Kunst bewirkt zu haben. Diese
Kumpane waren die sogenannten Nazarener.
Die Franzosen in der Villa Medici waren, unter
Direktor Schnetz, wohl mehr Maler, aber doch
meistens nur schwache Nachkömmlinge Davids
und seiner leeren Zeit; Horace Vernet war be-

reits fort, und sonst befand sich kein hervor-
ragendes Talent unter ihnen. Echte Kunstheroen,
welche die Periode meines Aufenthaltes in Rom
zu einer glänzenden gestalteten, und in deren
Umgang ich mich glücklich fühlte, waren: der
große Thorwaldsen, der raffaelische Overbeck,
Schnorr von Carolsfeld, Ph. Veit, Heinrich Heß,
Koch, Genelli u. a. m. — Cornelius und Scha-
dow waren schon nach Deutschland zurückgekehrt.

Ein echter Künstler war auch der originelle, vor-
zügliche Karikaturenzeichner Hieronimus Heß
aus Basel. Als er einst die römische Synagoge
während des Gottesdienstes darstellte, bat er
mich, die hebräischen Inschriften, die, wie er
hörte, Bibelsprüche seien, aufzuschreiben. Ich
schrieb ihm anstatt dessen mit hebräischen
Buchstaben allerlei triviale Sprüche, z. B. Nar-
renhände beklecksen alle Wände; dieses erfuhr
er später und rächte sich, indem er mich, kari-
kiert, in der Kirche darstellte, wo jeden Sams-
tagnachmittag eine Anzahl Juden, etwa dreihun-
dert Männer und verhältnismäßig ebenso viele

Frauen, von einem Pfaffen eine Predigt anhören mußten, die sie bekehren sollte. Ein Jesuit
mit einer Fliegenklappe schlug jeden Juden, der
eingeschlafen war oder es schien, wach. In der
ersten Zeit war, der Neuheit wegen, die festge-
setzte Zahl (je 3oo) komplett erschienen; so oft
während der Rede der Prediger den Namen
Christus aussprach, riefen die Zuhörer im Chor:
jemach schemou, einen hebräischen Fluch; der
Prediger, der das Hebräische sehr gut verstand,
ermahnte sie dann, sich solcher Ausbrüche zu
enthalten. Im Laufe der Zeit wurde die Zahl der
Kommenden immer geringer; da jedoch die
Gemeinde für jeden Fehlenden eine Strafe zu
zahlen hatte, so gingen viele zur Kirchentüre
hinein und sprangen zu dem entgegengesetzten
Fenster wieder hinaus, um sich dann nochmals
dem türstehenden Jesuiten, der die Anzahl der
Eintretenden zu notieren hatte, zu präsentieren,
bis das vorgeschriebene Quantum voll war.
Nachgerade erschien die Kirche jedoch auffallend dünn besetzt, und so wurde schließlich der
Betrug entdeckt.

Eine besonders interessante Persönlichkeit,
hauptsächlich für mich, war der Bildhauer Professor Wagner, das Faktotum des Königs Ludwig von Bayern. Das Gesicht Wagners war demjenigen des Sokrates ähnlich; sein Sinn und
Charakter ebenfalls griechisch; dabei war er un-
erschöpflich an Erzählungen und im Café greco
immer von einer Schar Zuhörer umgeben. Er
persiflierte die Nazarener, hatte aber auch als
Freigeist die vorerwähnten, meistens frommen
großen Künstler nicht zu Freunden; Overbeck
bildete ihn in seinen schönen Kompositionen
„Das Leben Christi" als einen der Henker ab.
Von großem Einflusse auf die anständigere
äußere Erscheinung der deutschen Künstlerwelt
in Rom war auch die Anwesenheit einiger Ber-
liner, wie Krahl und Hensel; dieser heiratete,
nach Berlin zurückgekehrt, die Schwester Felix
Mendelssohns; jener ward verschwägert mit
Oppenheim und Warschauer. Diese beiden
Künstler waren es, die ein Duell, welches ich mit
Schröter, einem langgewachsenen, unbedeuten-
den Maler, wegen seiner starken Ausdrücke gegen

Susanna im Bade

Juden, provoziert hatte, ohne mein Vorwissen
zum friedlichen Ausgleich führten. — Außer
den élégants Hensel und Krahl trugen noch Kle-
ber, Begas, Mela, die Soireen des bereits genannten Hauses Catel sowie die Einladungen bei Graf
Ingenheim, Niebuhr, Lepel usw. dazu bei, fei-
nere Toilette für mich erforderlich zu machen,
was früher nie gehabte Ausgaben, z. B. für
Glanzschuhe, weiße Binden und helle Glacé-
handschuhe mit sich brachte.

MEIN Verlangen nach Deutschland und zu den lieben Meinigen daheim trieb mich endlich gegen Ende März 1825 von Rom weg; mein Herz aber war durch den Gedanken bedrückt, daß ich im Elternhause den Glanzpunkt, die liebreiche und innigstgeliebte Mutter, nicht mehr vorfinden werde.

Ich übereilte mich daher auf meiner Reise nicht, verweilte in Bologna und blieb über Ostern, welches Fest ich sonst so gerne zu Hause zugebracht hätte, in Venedig. Dort wohnte ein Jugendfreund aus München, der eine reiche und schöne Venezianerin geheiratet hatte; ich genoß Gastfreundschaft bei ihnen, sowie bei seinen Schwiegereltern, die einen herrlichen Palast am Canal grande bewohnten. Ich malte das Porträt der jungen Frau mehrmals und reiste nach einem Aufenthalte von über einer Woche mit etwas verliebten Gedanken weiter, nach München, wo ich mit meinen alten Freunden wieder verkehrte. Dem König Ludwig, der mich in meinem Atelier zu Rom mit öfteren Besuchen beehrt hatte, machte ich meine Aufwartung;

der Hauptstoff seiner Unterhaltung mit mir war
jedesmal der, daß die Rothschilds mich und die
Kunst unterstützen müßten. Auch in Stuttgart
verweilte ich ein paar Tage, woselbst ich in dem
Kaullaschen Haus freundliche Aufnahme fand,
und kam endlich, am 19. oder 20. Mai 1825,
wohlbehalten in Frankfurt a. M. an; dort be-
sorgte mir mein guter Bruder Simon in dem ihm
sehr befreundeten Hause der Witwe des Ban-
kiers Aaron May ein angenehmes Unterkommen.
Alsbald nach meiner Ankunft in Frankfurt traf
auch die Kiste mit Bildern, die ich in Rom hatte
verpacken und nach Deutschland senden lassen,
ein; darunter befand sich mein Bild ,,Susanna
im Bade", welches der Eigentümer, Baron von
Rothschild, mich beauftragt hatte, in seinem
Hause hier abzugeben. Wie sehr freute ich mich
darauf, dieses kleine Bild, das in Rom so viel
Beifall gefunden hatte, von dem in den dortigen
Zeitungen so lobend gesprochen worden war,
hier ausstellen zu können! Ich malte mir aus,
wie es erst hier gefallen werde, und welchen Genuß meine Familie und meine Freunde davon

haben würden, wenn sie das Publikum diese
meine Leistung bewundern und sie in den Zeitungen rühmend besprochen sehen würden. Und
ich glaubte, dies erwarten zu dürfen; denn zu
jener Zeit waren gute Maler hierzulande selten;
in diesem Genre hier überhaupt keiner, und
mein Bild war tatsächlich gut; streng richtig ge-
zeichnete Charaktergestalten und tiefe, kräftige
Färbung; mir hatte dabei die van Eyksche Schule
vorgeschwebt. Wie erschrak ich aber, als ich die
Kiste öffnete und das Bild, das auf einem
dicken, alten Brette gemalt war, lose und aus
dem Rahmen fand! Beim Herausnehmen sah
ich, daß es während der Reise auf Nägeln hin
und her gerutscht sein müsse, und daß die Haupt-
teile zerrissen und zerstört waren. Mein Kummer
war groß! — Der Anblick rührte auch meinen
Bruder Simon; er ging und brachte den damals
für eine Autorität in Kunstsachen geltenden
Dr. jur. Goldschmidt, der mein Werk selbst in
zerstörtem Zustande bewunderte und uns trö-
stete, indem er sagte: „Wir sind zufrieden mit
dem jungen Manne; wir sehen, was er leisten

Frau Gutle Rothschild

kann; das Bild wird zum alten Morgenstern gebracht, der wird es wieder herstellen." Morgenstern war einer der besten Bilderrestaurateure,
hatte aber dennoch lange mit meinem Bilde zu
tun; denn nicht nur, daß es arg zerkratzt war,
auch der Firnis war allzu stark aufgetragen; als
dieser abgenommen worden, zeigten sich Wurm-
löcher im alten Brette, die auszufüllen viel Arbeit verursachten; kurz, es währte geraume Zeit,
bis das Bild notdürftig restauriert war.

Ich erhielt Besuche von den Patriziern Frank-
furts; Moritz von Bethmann (der Vater), Jean
Noé Dufay und andere fuhren bei mir vor und
bestellten Bilder. Auch die Frau Kurfürstin von
Hessen beehrte mich mit ihrem Besuche und
schrieb mir dann einen sehr huldvollen Brief.
Diese Anerkennungen gaben mir viel Ehre und
trugen mir viele Bestellungen ein, namentlich
malte ich die Porträts der reichsten jüdischen
Familien, welche mir gut bezahlt wurden. Ich
malte schöne Judenmädchen, stellte sie in Lokale des „Museums" (aus welchem die heutige
Museumsgesellschaft hervorgegangen) aus, und

erhielt das Diplom eines Ehrenmitgliedes, eine Auszeichnung, die damals noch keinem Juden zuteil geworden war.

Später bekam ich viel für die Familie Rothschild zu tun; die, welche in Neapel gewesen, übersiedelten hierher; sie und auch Baron Anselm mit seiner kunstliebenden Frau Charlotte machten fürstliche Häuser; ich besuchte die besten und glänzendsten Gesellschaften. Als ich der Frau Baronin Charlotte vorgestellt wurde, frug sie mich, ob ich ihr Unterricht geben wolle? Ich antwortete, daß ich gewöhnlich keinen Unterricht erteile, daß ich aber ihr gerne und ganz zu Diensten stehe. Sie bemerkte den Hochmut, der in dieser Antwort durchschimmerte, und sagte darauf: „Der Baron Gérard hat mich auch unterrichtet, und ich zahlte ihm für jede Stunde einen Louisdor." Dieses ging mir doch in die Nase; trotzdem wiederholte ich nur, daß ich ihr gänzlich zu Diensten stehen werde; wirklich gab ich ihr nicht wie andere Lehrer Billetts für gegebene Stunden, sondern ich gewöhnte sie gleich an mein unregelmäßiges

Kommen und Gehen; doch war sie mit ihrem Lehrer sehr zufrieden, wofür ihre häufigen Besuche in meinem Atelier und ihre liebenswürdigen französisch geschriebenen Briefchen mit reichhaltigem Inhalte Beweis waren. Sie ließ auch die Kuppel ihres Hauses von mir dekorieren. Ich malte mythologische Sujets in die acht Felder; sie selbst stellte ich als Psyche dar, ohne es ihr zu sagen; doch merkte sie es bald. Zu gewissen Gelegenheitstagen verfertigte ich auch Gedichte für sie; die Blütezeit meines Unterrichtes aber war, als sie für ihren Onkel Amschel die Hagada illustrierte.

Ich entwarf die Sujets dazu, die sie im Geschmacke der alten Missalen ausführte, wozu sie sich nicht ohne beträchtlichen Kostenaufwand mit Miniaturen versehene Manuskripte aus der Pariser Bibliothek verschaffte; den Text schrieb der beste damalige jüdische Kalligraph Messeritz, und es kostete der Baronin dieses Manuskript gewiß mehrere tausend Gulden. — Man nannte mich: Maler der Rothschild und Rothschild der Maler.

Zu jener Zeit war der Deutsche Bundestag in vollster Blüte, und alle Gesandten samt ihrem Personale fanden sich oft bei Bällen, Gesellschaften und Diners im Hause des Baron Anselm von Rothschild zusammen. Die innere Einrichtung dieses Hauses zeigte ein wahres Nonplusultra von Reichtum und kunstsinnigem Geschmack; jedes Zimmer war im Stile einer Epoche regelrecht dekoriert und voll der seltensten objets d'art. Es fehlte eigentlich nur eine entsprechende Anzahl guter Bilder, und es gelang mir damals, die berühmte Sammlung des Herrn de Reus aus dem Haag für die Frau Baronin zu erwerben; den geforderten Preis von ca. 100 000 fl. billigte ihr Gemahl sofort. Überhaupt, so genau der Herr Baron auch sonst zu sein pflegte, seiner Frau gewährte er doch jede Summe, die sie verlangte; als sie beispielsweise einst 2000 fl. vom Kassierer des Hauses von Rothschild erhalten wollte, schrieb sie irrtümlich eine Null mehr, 20 000 fl.; dieser ungewöhnlich großen Summe wegen glaubte der Kassierer, bei dem Baron erst um die Ermäch-

Anselm Rothschild

tigung zur Auszahlung anfragen zu sollen; dieser aber verwies ihn zankend: „Sie brauchen mich nicht erst in solchem Falle zu befragen; was und soviel meine Frau verlangt, haben Sie ihr sogleich zu geben." — Und so ward ein Schiebkarren, mit zwanzig Goldsäcken beladen, ihr geschickt, worüber sie natürlich sehr erstaunt war.

In besonderer und angenehmer Erinnerung sind mir einige Feste, denen ich in dem von Rothschildschen Hause beiwohnte. Der berühmten Schauspielerin Rachel zu Ehren wurden alle Gesandten, die ganze Hautevolée und die Hautefinance eingeladen; alles war bemüht, der Gefeierten nahezukommen und ihr vorgestellt zu werden. Ich hielt mich bescheiden im Hintergrunde; dies bemerkte Baron Anselm, nahm mich beim Arme und führte mich zu ihr. Die feine, edle, poetische Erscheinung dieser Künstlerin und ihre Sprachweise (sie deklamierte eine Szene aus Esther) kann ich nie vergessen. Eine andere große Soirée war zu Ehren des Kurfürsten von Hessen, und an einem ferneren

Abend wurden lebende Bilder gestellt, mit deren
Arrangierung ich betraut war. Teils wählte ich
bekannte Sujets, teils komponierte ich sie
selbst; die schönste und reichste Jugend stellte
sich mir dabei zur Verfügung; eine große
Bühne ward aufgerichtet, und kein Geringerer
als Minister Blittersdorf assistierte mir während
der Proben und bei der Aufführung. Darauffolgenden Tages beteiligte mich Baron Anselm
mit 200 Stück kurhessischer 40-Talerlosen,
deren Realisierung ansehnlichen Nutzen brachte.
Meine pekuniären Verhältnisse gestalteten sich
recht günstig, und ich konnte mit der Zeit nach
annähernder Schätzung alles, was mein Bruder
Simon während meiner Studienjahre in gene-
röser Weise für mich bezahlte oder mir zukommen ließ, ihm zurückerstatten. Daß dies einst
geschehen könne, war nicht vorauszusehen,
keinesfalls mit irgendwelcher Sicherheit zu erwarten, und ich muß deshalb sein mir gezeig-
tes Entgegenkommen um so dankbarer an-
erkennen; er war in der Tat generös; denn zu
allen Zeiten, selbst dann, wenn es ihm nicht ge-

rade gut ging, war er bereit, mir und überhaupt
der Familie Opfer zu bringen.

Trotz aller Ehrenbezeugungen, welche mir zuteil wurden, und ungeachtet der durch meine
Kunst erworbenen materiellen Erfolge, behielt
ich doch immer eine sehr geringe Meinung von
meinen Fähigkeiten und Leistungen. War und
ist dies wirkliche Bescheidenheit, Selbstkennt-
nis, Ängstlichkeit oder die Erkenntnis des Hohen, Schwierigen und Bedeutenden in der
Kunst?

Neben der Ausübung meines Berufes bot sich
mir auch öfters Gelegenheit, der noblen Leidenschaft, welche alle Glieder der von Rothschildschen Familie gleichmäßig beseelte, und die auf
Erwerb gediegener alter Kunstgegenstände ge-
richtet war und ist, Befriedigung zu schaffen.
Jeder und jede in dieser Familie, sie alle sam-
melten eifrig; und da sie meinen Sinn dafür
kannten und mein Verständnis würdigten, nutz-
ten sie meine Vermittlung; und ich darf sagen,
ich habe ihnen vieles und Wundervolles zu
Spottpreisen zu verschaffen gewußt. Beispiels-

weise war ein Graf Schönborn im Besitze fürst-
licher Kunstschätze, die er weniger als seine Vor-
fahren und Nachkommen zu würdigen wußte,
und daher mir vieles billig überließ, was ich
dann für die von Rothschild mitbrachte. Um
solche Gegenstände entspann sich dann ein
Wettstreit der Herren und Damen dieser Familie; sie waren sonst wohl auf nichts eifer-
süchtig, nur untereinander auf die Erlangung
solcher Kunstsachen; jeder wollte für sich das,
worauf der andere reflektierte, und ich hatte dabei oft einen schweren Stand; denn ich wünschte
doch, mich mit allen von ihnen zu halten, es mit
keinem zu verderben.

James von Rothschild

ICH habe viele Reisen gemacht; meine erste wieder in Deutschland war von Frankfurt über Weimar nach Kassel. Ich war dann noch zweimal in Italien, zweimal in England (London und Cambridge), mehrmals in Holland und Belgien, einige Male in Berlin, öfter in München, Hamburg, Wien, Dresden, in Schlesien und in der Schweiz; und viele Male in Paris, besonders oft zu der Zeit, als mein jetzt seliger Sohn Emil dort wohnte. Überall besah ich die Merkwürdigkeiten und suchte alles besonders Schöne, das verkäuflich war, für meine Gönner zu erwerben. Während ich auf der Reise im Waggon saß, pflegte ich meine Bilder zu komponieren, die ich dann zu Hause ausführte; kurz, ich nützte die Zeit, war sehr tätig und fleißig.

Durch den bereits zu Anfang erwähnten Professor Weber, der früher Hofmeister des jungen Grafen Benzel-Sternau war, kam ich in Briefwechsel mit Goethe, was mich veranlaßte, meine Reise nach Kassel über Weimar zu machen. Eine solche Reise erforderte damals noch mehrere Tage; ich mietete Platz in einem Hauderer. Mein

6

zufälliger Reisegefährte nach Weimar war der Dichter Holtei; in seinem Buche „Vierzig Jahre aus meinem Leben" erzählte er von dieser Fahrt und daß er sich gar nicht in Weimar habe aufhalten wollen, daß aber meine Gesellschaft und mein guter Humor ihn veranlaßt hätten, dort zu verweilen, welcher Aufenthalt auf seine ganze fernere Lebensrichtung Einfluß gehabt habe.

Wir waren in Weimar zwei interessante Fremde; mit allen dort lebenden Berühmtheiten kamen wir in gesellige Berührung, insbesondere mit Goethe, der mich einen „Jüngling von sechzig Jahren" nannte, was mir schmeichelte, weil ich sonach kein „dummes Jüngelchen" gewesen sein mußte. Als mir der Großherzog von Sachsen-Weimar den Professor-Titel verlieh, bedankte ich mich bei Goethe, welcher bei der Gelegenheit sagte: „Titel und Orden halten manchen Puff ab im Gedränge." In Weimar malte ich das Porträt des Kanzlers von Müller; dagegen hatte ich dort „porträtiert zu werden" auch die Ehre, und zwar von der schönen Gräfin von Egloffstein, welche Goethe besungen hat und in welche er nicht minder wie ich verliebt war. Die schöne Gräfin war eine passionierte Malerin; sie sammelte Autographen, indem sie berühmte Leute zeichnete, welche ihr dann was unter ihre Zeichnung schreiben mußten; als sie verlangte, daß ich meine Unterschrift dem Porträt zufügen sollte, welches sie von mir gefertigt hatte, schrieb ich: „Wie Vieles verdanke ich der Kunst".

Die berühmte Schauspielerin Jagemann, spätere Gräfin Heigendorf, die Geliebte des Großherzogs, lud Holtei und mich zu einem Souper, zu welchem auch der Großherzog, dessen Kuvert für ihn bereit stand, erwartet wurde; er erschien auch und hörte Holteis Vorlesung eines Shakespeareschen Dramas; Holtei las alle Rollen des Stückes mit verschiedener Stimme, sowohl Männer als Frauen imitierend; darin bestand seine hauptsächliche Force.

Interessante Persönlichkeiten in Weimar waren zu jener Zeit auch der Improvisator Wolf, der erste, der in Deutschland in diesem Fache Aufmerksamkeit erregte, sowie Ferdinand Hiller, damals ein Schüler Hummels; ersteren sah ich oft, und wir schlossen Freundschaft. — Fräulein Ullmann in Weimar schenkte mir ein Stammbuch, wodurch ich veranlaßt ward, von den vielen, dort lebenden, berühmten Personen Autographen zu sammeln; einmal von Weimar entfernt, blieb die Sammlung vernachlässigt; ein Brief Goethes ist mir sogar abhanden gekommen! Mehrere seiner Einladungskarten an mich, mit seiner eigenhändigen Unterschrift versehen, habe ich Freunden oder Autographensammlern geschenkt.

Adelheid Oppenheim geb. Cleve.

BALD nachdem ich nach Frankfurt zurückgekehrt war, verheiratete ich mich mit der
mir stets treu gebliebenen, guten, frommen
Adelhaid Cleve, ungeachtet aller von seiten
ihrer Großmutter gemachten Schwierigkeiten,
welche sich der Verbindung widersetzt hatte,
weil ich ein Maler war. Meine liebe Adelhaid
gefiel sehr; sie war hübsch, hatte eine sehr interessante Physiognomie, und war dabei anmutig
und liebenswürdig.

Als wir einst in einer Gesellschaft bei Marcus
Königswarter waren, stellte mich derselbe mehreren Offizieren vor, indem er sagte: „Herr Professor Oppenheim, ein Maler; — hat's aber
gottlob nicht nötig". — Es ist merkwürdig, daß
diese Worte in ganz Deutschland bekannt wurden, und mich bekannter und berühmter machten als meine Bilder. Als ich einige Jahre später
Herrn Königswarter bei einer Gratulationsge-
legenheit besuchte, frug er mich nach dem Charakter und den Vermögensverhältnissen des Ma-
lers Veit; dieser hatte bei Königswarter gemietet,
welcher schon öfters Pech mit seinen Mietern

gehabt hatte, und daher vorsichtig war. Ich antwortete: „Seien Sie unbesorgt, Herr Königswarter; Veit ist zwar ein Maler, hat's aber gottlob nicht nötig". Alle Anwesenden lachten; Herr Königswarter aber rief aus: „Das habe ich damals von Ihnen gesagt; war es denn so dumm oder so gescheit?"

Der Freundschaft Dr. Gabriel Rießers habe ich viel Erfreuliches zu verdanken. Seine glänzenzenden Reden in der Paulskirche, die Triumphe, welche er dort feierte, und welche in seiner Erwählung zum Präsidenten des Parlamentes gipfelten, beglückten mich im höchsten Grade; ich war und bleibe stolz auf die mir von seiten dieses großen Mannes bekundete Freundschaft und Liebe. Wie geistreich und liebevoll schrieb er meine Biographie! Als er Notizen dazu verlangte, sagte ich ihm: „Ein guter Koch kann sogar einen ledernen Handschuh durch eine gute Soße appetitlich zubereiten"; — und wie pikant hat Rießer diese Soße zu machen gewußt! Bemerkenswert ist, daß Rießer, der die Sprache so gewaltig beherrschte, vorgab, nicht imstande zu sein, ein Verschen zu machen; dagegen sprach er mir in dieser Richtung Talent zu, und bat mich zuweilen, Stammbuchblätter für ihn zu verfassen, und sie gefielen ihm so wohl, daß er sie unter seinem Namen hergab. Unter anderen quälte ihn eine Freundin seiner Nichte, die später meine Schwiegertochter ward, um ein Verschen für ihr Stammbuch, und ich improvisierte ihm:

> Der Freundin meiner Nichte
> Vertrau' ich insgeheim:
> Ich mache nie Gedichte,
> Mir macht sie Oppenheim.
> Und heute schickt mir dieser
> Ganz einfach nur den Spruch:
> „Erinnerung an Rießer" —
> Er meint — dies sei genug!

Vor Rießers Rückkehr nach Hamburg ward ihm von mehreren hundert Personen aus den vornehmsten Kreisen ein brillantes Abschiedsfest gegeben; viele Lieder wurden zu der Gelegenheit gedichtet; zu den mit dem größten Beifall aufgenommenen und mit Eifer gesungenen gehörten diejenigen, deren Text ich verfertigt und bekannten Melodien angepaßt hatte. Der darin entwickelte Humor gefiel sehr, und ich ward mitgefeiert; Rießer hatte eine besonders liebevolle Art, seine Freude und seine Dankbarkeit zu bezeugen.

In jener Epoche versammelten sich bei dem alten Jügel alle vierzehn Tage eine große Anzahl Gelehrter und Künstler. Der Verein nannte sich „Hanswurstika". Bei sehr gutem und heiterem Souper gab dann jeder sein Bestes, und humoristische Gelegenheitsgedichte von mir fanden auch hier lebhaften Anklang; besonders bei einem Feste, welches der Verein am Ende der Saison der Familie Jügel gab, wurden meine Lieder (nach Speyers Melodien) wiederholt mit wahrer Begeisterung gesungen. Auch sonst veranlaßten mich die Künstler, namentlich als sie Philipp Veit feierten, Verse zu liefern; und daß sie diesem besonders gut gefielen, bewies er mir dadurch, daß er öfters in seinen Dankreden die komischsten Stellen aus meinen Versen zitierte.

Heinrich Heine

In Philipp Veit schätzte ich den Künstler sehr hoch, und auch den Menschen hatte ich quand même in ihm sehr gern. Nach seiner Ankunft in Frankfurt, als Direktor des Staedelschen Instituts, bezog er eine sehr bescheidene Wohnung in dem hinteren Trakte eines Hauses der Großen Gallusgasse, woselbst ich häufig und gerne im Kreise seiner Familie den Abend verbrachte. Seine Mutter, Dorothea von Schlegel, wohnte bei ihm; wenn ihre Enkelchen, vor dem Schlafengehen, ihr eine gute Nacht wünschten, gab sie ihnen den Segen und machte das Zeichen des Kreuzes dazu; dieses Zeichen bei der Tochter Moses Mendelssohns machte mir immer einen wehmütigen Eindruck. So auffällig fromm diese Mutter ihren katholischen Glauben zur Schau trug, so wenig geschah dies von seiten der gewiß nicht minder frommen Kinder. Veit hatte mit mir nie weder von seiner jüdischen Abstammung, noch von seinem nachmaligen katholischen Glauben gesprochen; nur einmal, als wir uns bei Konditor Röder trafen, und ich die Bemerkung machte, daß, wenn ich Gefrorenes

esse, ich oft an seinen Großvater dächte; der
habe so gerne Zucker gegessen, daß er bedauerte,
keinen Zucker zu Zucker essen zu können; da
brachte Veit die Rede auf ein Bild, welches ich
gerade in der Arbeit hatte, und welches die bekannte Episode: „Lavaters Besuch bei Moses
Mendelssohn" darstellte; Lavater versucht, diesen
zu bekehren, und zwar verlangt er, daß Mendelssohn sich seinem Wunsche füge und sich tau-
fen lasse, oder daß er öffentlich seine Gegengründe darlege. Veit gestand, daß er diese Episode aus dem Leben seines Großvaters nicht
genau kenne; und ich erzählte ihm, wie ge-
schichtlich erwiesen, Mendelssohn damals in
peinlicher Lage war; wie er sich darüber ge-
grämt habe, weil er sich habe nicht aussprechen
dürfen, wie er es gekonnt und von Herzen gern
getan hätte; nur dem Herzog von Braunschweig,
der ihn dringend darum gebeten, habe er seine
Gegengründe nicht vorenthalten. Darauf tat Veit
unter Seufzern die Äußerung: „Wer weiß, was
er jetzt dafür büßen muß!" — Veit war sonst
ein ganz gescheiter Mann.

Mendelssohn, Lavater und Lessing

Um jene Zeit kam Heinrich Heine nach Frankfurt; er hatte sich bereits durch seine Schriften
einen Namen gemacht, vornehmlich durch seine
Reisebilder, deren Witze in jüdischen Kreisen
den meisten Anklang fanden, weil sie dort am
besten verstanden wurden. Ich malte ihn; später
verlangte er von Paris aus sein Porträt von mir
für seinen Verleger Campe, dem ich es auch zuschickte. An einem Samstag war Heine zu Mittag
mein Gast; ich hatte noch einige seiner Verehrer
gebeten und ihm zuliebe echt jüdische Küche be-
reiten lassen: ,,Kuchel und Schalet", die Heine
sich auch sehr gut munden ließ. Ich bemerkte
scherzend, daß er bei dem Verzehren solcher
Gerichte wohl Heimweh empfinden müsse, wie
ein Schweizer, der in der Fremde den Kuhreigen
hört. Dadurch kam die Rede auf seine Taufe;
auf die Frage eines Gastes, was ihn dazu be-
wogen habe, da er doch in seinen Schriften mit
dem Christentume auch nicht gerade glimpflich
umgegangen sei, entgegnete Heine ausweichend:
,,Es komme ihm schwerer, sich einen Zahn aus-
ziehen zu lassen, als seine Religion zu wechseln."

In einer seiner späteren Schriften, von seinem
Aufenthalt in Frankfurt sprechend, erzählt
Heine von dem guten Schabbes-Essen, das er
bei dem nachmaligen Geh. Rat Stiebel genossen
habe. Nun erinnerte er sich aber gewiß genau,
daß er solches Schabbes-Essen nicht bei dem
Genannten bekommen hatte, und ohne Zweifel
berechnete er mit Malice, daß es den neugetauf-
ten Juden ärgern müsse, wenn diesem noch eine
alttestamentarische Küche angeheftet werde; ich
habe mich überzeugt, als ich einst mit Dr. Stiebel davon sprach, daß Heines Nadelstich seinen
Zweck nicht verfehlt hat.

Kurz nach der Julirevolution malte ich auch
Börnes Porträt, welches sich jetzt in der Staedelschen Galerie zu Frankfurt befindet. Börne
kleidete das Honorar, welches er mir schickte,
in einige geistreiche Zeilen, deren Schluß ich
mich noch wohl erinnere; dieser lautet: „Es
liegt ein Fluch im Gelde; danken Sie mir, daß
ich Ihnen so mäßig geflucht habe." — Einen
längeren, schönen und launigen Brief, den er
an mich von Baden aus richtete, wegen eines

Ludwig Börne

Faksimile unter seinem Porträt, fand ich kürzlich in einem Bande von Gutzkows Werken,
Börnes Biographie enthaltend. Es tut mir jetzt
leid, viele solcher interessanter Briefschaften der
beutegierigen Jugend preisgegeben zu haben. Die
Porträts Heines und Börnes habe ich später
lithographiert, und sie sind als Pendants bei dem
Kunst- und Buchhändler König in Hanau erschienen.

EINE mir liebe Episode in meinem Leben bildet die in neuerer Zeit gemachte Bekanntschaft (es war anläßlich einer Reise in die Schweiz) mit der Gräfin Della Rocca, geb. Castiglione. Ihre noble Gestalt, welche mich an diejenige der Julie von Egloffstein erinnerte, bestrickte mich förmlich; sie war eine schöne, sogar auffallend schöne Erscheinung und unbeschreiblich liebenswürdig. In fesselnder Unterhaltung mit ihr gab sich, jedoch keineswegs zur Schau getragen, ihre feine Bildung und ihr vielseitiges Wissen kund. In Frankreich erzogen, verband sich bei ihr französische Grazie mit italienischen Temperament; unter dem Pseudonym „Camille Henry", dem Taufnamen ihres Freundes Cavour, den sie sehr verehrte, schrieb sie ganz reizende kleine Romane, von denen sie mir später zuschickte. Die Gräfin besuchte mich in Frankfurt; auch die Meinigen waren so sehr entzückt von ihrer Liebenswürdigkeit, daß sie meine überaus große Sympathie für diese Dame nur erklärlich, ja natürlich fanden. Sie fühlte auch wohl, welchen Eindruck sie auf mich hervor-

gebracht hatte, was übrigens nicht wunder-
nehmen kann, denn auch minder begabte Frauen
pflegen dergleichen bald zu merken. In ihren
schönen Briefen, die sie mir eine Zeitlang
schrieb, leuchtet durch jede Zeile liebevolle Ge-
sinnung, die ich in meinen, in französischer
Sprache geschriebenen Antworten erwidern
wollte; ob mir dies aber gelungen sein wird?
Tatsächlich hat sie mir ihr Wohlwollen be-
wiesen, indem mir Vittorio Emmanuele den
Maurizius- und Lazarusorden zur Zeit meiner
silbernen Hochzeit verlieh, was ich wohl mehr
ihrer Gunst, als meiner Kunst verdanke. Eben-
sowenig bilde ich mir ein, daß ich den preußischen Kronenorden nur meiner Kunstleistungen
wegen erhalten habe; doch ist es wohl auch ein
Verdienst, die Gunst derjenigen zu erlangen und
zu erhalten, welche solche Auszeichnungen zu
erteilen haben. Bei Gelegenheit finde ich es
zweckmäßig, die Bändchen dieser beiden Orden
ins Knopfloch zu stecken.
Wohl habe ich mit manchem meiner Bilder
manchem Freude gemacht, und auch selbst

Freude daran gehabt, bin aber darum doch nicht eitel auf meine Leistungen geworden. Wer, wie ich, viel in der Welt herum war, und überall die großartigen Kunstschöpfungen gesehen, bewundert und studiert hat, der muß entweder ein Narr oder ein wirkliches Genie sein, wenn er nicht bescheiden bleibt. Der Himmel muß mich aber doch mit einigem Talent, oder mit „chein" begabt haben; denn ich hatte oft und viel Umgang mit den bedeutendsten Menschen meiner Zeit; viele beehrten mich mit ihrem Wohlwollen, viele begünstigten und erfreuten mich mit ihrer Freundschaft.

*

Bei diesen späten Erinnerungen, zunächst für meine lieben Angehörigen und auch wohl noch für einige Freunde, im Jahre 1880 geschrieben, habe ich gar manches vergessen und manches, sogar vieles, absichtlich unerwähnt gelassen; denn diese Aufzeichnungen sollen ihnen nur angenehme Reminiszenzen bieten. Wenn auch sie einstens späte „Erinnerungen" schreiben, mögen sie dann nur Erfreuliches zu berichten haben.

AMEN

Dr. Gabriel Bessey

Küchlein der Freiwilligen

Moritz Oppenheim. Paris um 1870

VERZEICHNIS DER ABBILDUNGEN

III. Festkreis.

12. Oster-(Seder-)Abend (1867).
13. Laubhüttenfest (1867).
14. Vorabend des Versöhnungstages (1873).
15. Purimfest (1872).
    Dazu später:
19. Chanuccafest, Lichtweihfest (1880).
20. Schabuoth, Wochen- oder Pfingstfest (1880).

IV. Lebensbilder.

16. Der Dorfgänger (1873).
17. Die Jahrzeit-Andacht (1871).
18. Die Rückkehr des Freiwilligen (1866?).

⟨16⟩ Gruppenporträt. Der Frankfurter Pädagoge Wilhelm Heinrich Ackermann (1789—1848) mit seinen Zöglingen, den drei Brüdern Georg, Gottfried und Johann Jung aus Rotterdam. Ölgemälde von 1820. Im Walraff-Richartz-Museum, Köln a. Rh.

⟨20⟩ Selbstporträt (Profil). Sepiazeichnung, vor 1820.

⟨24⟩ „Jesus und die Samariterin." Bleistift, Probezeichnung für das unter ⟨48⟩ erwähnte Preisausschreiben in Rom. 1823.

⟨28⟩ Selbstporträt. Ölgemälde. Rom 1822.

⟨32⟩ „Heimkehr des jungen Tobias." Bleistiftzeichnung zu einer Radierung. Ende der zwanziger

Jahre (wohl die gleiche Komposition wie die des von Thorwaldsen erworbenen Ölgemäldes).

⟨36⟩ K a r i k a t u r „Les habitués du Café greco". Bleistiftzeichnung. Rom 1821.

⟨40⟩ „R a u b d e s M o r t a r a k i n d e s." Bleistiftskizze zu dem Ölgemälde von 1862. (Edgar Mortara, 1851 zu Bologna geboren, von einer katholischen Magd heimlich getauft [in Krankheit, um „seine Seele zu retten"], dann als dies bekannt wurde, durch Beauftragte der Kurie am 23. Juni 1858 seinen Eltern geraubt. Dieser Raub veranlaßte Entrüstung in aller Welt und Proteste auswärtiger Mächte beim Papst, die ebenso vergeblich blieben wie die Klage der Eltern. M. ward später bekannt als Priester und predigte, viel reisend, auf dem Kontinent und in England.)

⟨44⟩ C a r l M e y e r v o n R o t h s c h i l d. 1788—1855. Lebte seit 1821 bis zu seinem Tode meist in Neapel. Bleistiftzeichnung. (Neapel?)

⟨48⟩ „R ü c k k e h r d e s v e r l o r e n e n S o h n e s." Karton für das Preisausschreiben der Akademie San Lucca. Kohlezeichnung. Rom 1823. Besitzer: Herr J. Ed. Goldschmid, Frankfurt a. M.

⟨52⟩ F e r d i n a n d H i l l e r, Komponist (1811—1885), als Jüngling. Bleistiftzeichnung. Weimar im Mai 1827. Bes.: Herr J. Ed. Goldschmid, Frankfurt a. M.

⟨56⟩ „Vorabend des Versöhnungsfestes." Ölgemälde (Grisaille). 1873. Bes.: Frau Hedwig Cramer,
Frankfurt a. M.

⟨64⟩ „Abschied des jungen Tobias." Ölskizze,
etwa 1826 gemalt. Vgl. Goethes Brief an Oppenheim
S. 102.

⟨68⟩ „Susanna im Bade." Lithographie von F. C.
Vogel. 1829 nach dem für C. M. von Rothschild 1824
gemalten Ölgemälde.

⟨72⟩ Frau Gutle Rothschild, geborene Schnap-
per. 1753—1849. Die Mutter der fünf Brüder R. Bleistiftzeichnung. 1836?

⟨76⟩ Amschel Meyer von Rothschild. 1773 —
1855. Bleistiftzeichnung.

⟨80⟩ Jakob, gen. James, Meyer von Rothschild. 1792—1868. Seit 1812 in Paris. Bleistiftzeichnung.

⟨84⟩ Adelheid Oppenheim, geborene Cleve. 1800
— 1836. Oppenheims erste Frau. Ölgemälde. 1829. Besitzer: Stadtrat a. D. W. Lewin, Frankfurt a. M.

⟨88⟩ Heinrich Heine. Ölgemälde. Mai 1831 gemalt.
Besitzer: Kunsthalle, Hamburg.

⟨90⟩ „Lavater und Lessing bei Moses Mendelssohn. Ölgemälde. 1856. Bes.: Kommerzienrat M.
A. Straus, Karlsruhe i. B.

⟨92⟩ Ludwig Börne. Ölgemälde. 1827 gemalt. Besitzer: Frankfurter Bürgerverein.

Dr. Gabriel Rießer. 1806—1863. Ölgemälde. 1840. Bes.: Loge zur aufgehenden Morgenröthe, Frankfurt a. M.

„Die Rückkehr des Freiwilligen aus dem Befreiungskriege zu den nach alter Sitte lebenden Seinen." Ölgemälde. 1834. (1835 von israelitischen Bürgern Badens Dr. Gabriel Rießer geschenkt.) Besitzer: Frau Eduard Rießer, Frankfurt a. M.

Moritz Oppenheim. Photographie. Paris, um 1870.

Die 26 Offsetbilder
druckte die Spamersche Buchdruckerei, Leipzig